लहू का कुटुम

लम्बी कहानी

मृदुला गर्ग

वसु का कुटुम

राजकमल प्रकाशन

ISBN : 978-81-267-2814-5

मूल्य : ₹ 300

पहला संस्करण : 2016

प्रकाशक : राजकमल प्रकाशन प्रा. लि.
1-बी, नेताजी सुभाष मार्ग, दरियागंज
नई दिल्ली-110 002

शाखाएँ : अशोक राजपथ, साइंस कॉलेज के सामने, पटना-800 006
पहली मंज़िल, दरबारी बिल्डिंग, महात्मा गांधी मार्ग, इलाहाबाद-211 001
36 ए, शेक्सपियर सरणी, कोलकाता-700 017

वेबसाइट : www.rajkamalprakashan.com
ई-मेल : info@rajkamalprakashan.com

मुद्रक : बी.के. ऑफ़सेट
नवीन शाहदरा, दिल्ली-110 032

VASU KA KUTUM
Story by Mridula Garg

मेरे दाएँ नेत्र की ज्योति बचाने में सहायक होने के लिए
दिनेश द्विवेदी को
स्नेहसिक्त आभार सहित

कैसे हुई यह रचना

यह कहानी लिखे जाने के दौरान मुझे एकदम अलहदा क़िस्म का अनुभव हुआ; मन है, उसे आपसे साझा करूँ। 'लिखने के दौरान' के बजाय 'लिखे जाने के दौरान' जानबूझकर कह रही हूँ। क्यों, बाद में बतलाऊँगी। इस अनुभव के बाद, पीछे मुड़कर, शुरू से लेकर अब तक के सृजन पर निगाह डाली तो देखा, कथा के काग़ज़ पर उतारे जाने की तकनीक का ख़ासा दिलचस्प ग्राफ़ बन रहा है।

फ़िलहाल मैं रचना-प्रक्रिया की बात नहीं कह रही। जहाँ तक उसका सवाल है, वह तो ताउम्र चलती है, मुतवातिर, हर साँस के साथ। प्रतिरोध, परकाया प्रवेश और रसोक्ति(आइरनी)—ये तीन तत्त्व मेरी सभी रचनाओं के अभिन्न अंग रहे हैं। इस तात्त्विक मर्म को छोड़ दें तो हर रचना की कथावस्तु, शिल्प और भाषा अलहदा हैं। काफ़ी हद तक, ज़ुबान किरदारों के कब्ज़े में रही है या उस वक़्त के, जिसमें किरदार जी रहे थे या कह लें, जिसमें मैंने उन्हें जिलाया था। कुछ मेरे कब्ज़े में भी रही ज़रूर, पर हर नए कथानक के साथ, मुझे लगा कि ज़बान को कुछ हद तक नए सिरे से रचना होगा। और रचा भी।

इस वक़्त मैं रचना-प्रक्रिया के इस सतत गतिशील पूर्वार्ध की नहीं, शिल्प चुनने के बाद के उस उत्तरार्ध की बात करना चाहती हूँ, जब कथा की परिकल्पना को बाक़ायदा या बेक़ायदा काग़ज़ पर उतारा जाता है।

सत्तर के दशक में मैंने लेखन की शुरुआत की तो हाथ से लिखकर। प्रकाशन के लिए देने से पहले, अलबत्ता, लिखे को हस्तचालित टाइपराइटर

पर टाइप ज़रूर किया। लिखाई थी जो ख़ासी ख़राब। टाइप किया तो कई-कई बार। क्योंकि उन दिनों हर संशोधन का मतलब होता था, दोबारा टाइप करना। यह सिलसिला बरसोंबरस चला। कम्प्यूटर का चलन तो बहुत बाद में हुआ। तब तक मेरे छह उपन्यास, दस कहानी संग्रह और दो नाटक छप चुके थे। अस्सी के अंतिम चरण में मेरे बेटे कम्प्यूटर घर ले आए थे। पर मैं बरसों तक उसका इस्तेमाल, अंग्रेज़ी के लेख लिखने और हिन्दी से अंग्रेज़ी में अनुवाद करने के लिए करती रही। हिन्दी के लिए नहीं किया। हिन्दी का रचनात्मक गद्य पहले की तरह हाथ से लिखती रही।

2003 में मैंने 'इंडिया टुडे' में पाक्षिक स्तम्भ लिखना शुरू किया, जो 2010 तक चला। उस दौरान, शायद 2005 में, हाथ में कुछ तकलीफ़ हो गई, जिसकी वजह से कुछ महीनों के लिए कलम पकड़ना मुश्किल हो गया। पर स्तम्भ था कि हर पन्द्रह दिन बाद सिर पर सवार! लिखे बग़ैर चारा न था। झक मारकर हिन्दी का सॉफ़्टवेयर ख़रीदा। अर्से तक उसे सिर्फ़ 'इंडिया टुडे' के स्तम्भ-लेखन के लिए इस्तेमाल किया। कथा-रचना उन दिनों कम की और जब की तो मेथी डालकर उबाले गर्म पानी में हाथ सेंक, कुछ हद तक दर्द कम किया तो काफ़ी हद तक, उसे ही प्रेरक बना लिख डाला।

फिर हुआ यह कि 2007 में, जब मन में उपन्यास 'मिलजुल मन' खदबदा रहा था, एक रात बारह बजे यक-ब-यक उसका शिल्प सूझा। इल्हाम हुआ कि जीवनी और उपन्यास का मिलन क़ायम रखकर उसे औपन्यासिक जामा पहनाने के लिए, दो वाचक रखे जाएँ। एक, दिवंगत किरदार की बहन; दूसरी, एक अन्य लेखिका, जो उनकी दोस्त भी हो। बहन, ज़ाहिर है, तरह-तरह के झूठ बोलेगी, जितना बतलाएगी उतना छुपाएगी या बेचारी जानती ही आधा-पौना होगी। ग़लत को सही करने और पोशीदा राज़ को अफ़शा करने का ज़िम्मा लेखक का रहेगा। शिल्प क्या सूझा, याददाश्त के क़ैदख़ाने के बन्द कपाट यूँ खुले कि साँस लेना दूभर हो गया। कलम ढूँढ़े न मिला तो जाकर कम्प्यूटर धर पकड़ा और खटाखट उस पर पहला-दूसरा अध्याय लिख मारा। फिर क्या था! बारह अध्याय यों ही अजब-गज़ब नशे और बेख़याली में लिखे गए। फिर शायद उस बेमुरव्वत ज़ेहनी मशक्कत के चलते बीमार पड़ गई और कम्प्यूटर की ग़ुलामी से कुछ दिनों को छुटकारा मिल गया। दोबारा लिखने बैठी तो हाल यह पाया कि

बिला कम्प्यूटर, शिल्प पकड़ में ही न आए यानी कम-अज़-कम उस रचना के लिए, वह मेरी मजबूरी बन चुका था। नीत्शे ने कहा था न, जब उसने टाइपराइटर पर लिखा तो सोच की धारा बदल गई। मेरे साथ वही हुआ। बस, यहाँ गुनहगार टाइपराइटर नहीं, कम्प्यूटर था। यों जानिए कि मुँह को लगी शराब बन लिया कि लाख सिर मारो, छुड़ाए न बने। वैसे भी मेरे लिए कम्प्यूटर एक मायावी शै था, मेरी किरदार की मानिन्द। किरदार कब तर्क को, और कम्प्यूटर कब लिखने की बेसब्री को दग़ा दे जाए, पता नहीं रहता था। दो बार तो वाक़ई सिरे से यों बिगड़ा कि पहले न जाने कितने हिस्से बदलवाए, फिर नए कम्प्यूटर का ही जुगाड़ करना पड़ा। कम्प्यूटर की दग़ाबाज़ी पर यक़ीन ने पूरा उपन्यास, ज़बरदस्त व्यग्रता, दुश्चिन्ता और हौलेदिल में लिखवाया। उसके चलते उपन्यास में त्रासदी को धता बतलाते उल्लास का रंग और गहन हो गया। सोचा था, उपन्यास पूरा हो जाएगा तो लौट आएँगे हाथ से लिखने पर। पर वह न हुआ। अब भी मैं ज़्यादातर कहानियाँ कम्प्यूटर पर ही लिखती हूँ पर कभी-कभाक हाथ से लिखने से गुरेज़ नहीं है।

'वसु का कुटुम' के साथ अलग ही मंज़र पेश आया। वह यों कि कोई छह महीने पहले मेरी आँख का ऑपरेशन हुआ। रेटिना का। जनाब, यह मोतियाबिन्द का ऑपरेशन नहीं था, जिसे सुनते ही लोग कहते हैं, उसमें क्या है, वह तो चार दिन में ठीक हो जाता है। यह रेटीना का ऑपरेशन था यानी ख़ासा जटिल। तो ऑपरेशन हुआ, बिगड़ गया। दुबारा हुआ, फिर बिगड़ गया। एक तरफ़ डॉक्टर कहे, यह क्योंकर बिगड़ा और किस तरह सुधरेगा, मुझे कोई इल्म नहीं है, अव्वल तो शायद सुधरे ही नहीं। दूसरी तरफ़ कहे, बिस्तर पर पड़े रहो, हिलो-डुलो मत, गर्दन तक ऊपर न उठाओ। कुछ मत करो। बस, पड़े रहो। चाहो तो रेडियो सुन लो या टेलीविज़न सुन लो; देखो नहीं, महज़ सुन लो। अधलेटे पूरा आराम करोगी और हर डेढ़ घंटे में आधे घंटे तक पाँच-पाँच मिनट पर दवा डालोगी तो शायद कुछ सुधार हो जाए या शायद न हो....यानी जो होगा या नहीं होगा, ज़िम्मेवार तुम होगी, हम नहीं। वाह! क्या ख़ूब आलम था! मैं ही मरीज़, मैं ही तीमारदार, मैं ही अपनी तक़दीर की सिरजनहार! डॉक्टर थे बस हाज़िर-नाज़िर; मेरे उस अजब बेहरकत सफ़र के सुनने-बोलने पर पाबन्दी नहीं थी। चाहती तो संगीत सुन सकती थी।

मुश्किल यह थी कि मेरे घर के सामने एक मकान बन रहा था। चार मंज़िला। पुराने घर को तोड़कर। संगीत क्या ख़ाक सुनती जब कानों को मुसलसल रौंदता, ठक-ठक, धम-धम, धूम-धड़ाक का नाक़ाबिले बर्दाश्त शोर उन्हें बहरा किये दे रहा था। ऐसा शोर जिसमें न लय थी, न सुर। जो दिमाग़ पर हथौड़े की तरह बजता था; आँखों पर बम की तरह फटता था। उसके बीच संगीत सुनती तो मुझ-सा बेवकूफ़ दूसरा नहीं होता।

उस हाल एक दिन मुझे सूझा कि मेरे पास जो निहायत फटीचर-सा मोबाइल है, उसमें भी वॉइस रिकॉर्डर है। मैं जो लिख नहीं सकती, उस पर कह सकती हूँ। तो किया रिकॉर्ड। इस सूरते-हाल कहानी यों लिखी गई कि जैसे-जैसे जो-जो मन में घटे, असलीयत में नहीं, उसे वैसे-वैसे लिख डालो। मज़े की बात यह हुई कि कहानी जो बनी, उसमें मैं कहीं नहीं हूँ, न मेरी आँख का ज़िक्र है। किरदार जो हैं, मुझसे एकदम अल्हदा, अनेक अन्य जन हैं। कहानी उनकी है, मेरी कतई नहीं।

तभी कहा था मैंने शुरू में—'लिखे जाने के दौरान'! दरअसल, यह कहानी मैंने न लिखी है, न बोलकर लिखवाई है, महज़ सुनाई है। लिखवाने के लिए बोलने यानी डिक्टेट करने और सुनाने के बीच का फ़र्क़ काफ़ी अहम है। बोलते वक़्त मेरा मकसद उसे लिखवाना नहीं था; मन के भीतर घट रहे को कहना या सुनाना भर था। पर किसे? सशरीर श्रोता तो वहाँ कोई था नहीं। एक भी नहीं। मैं निपट अकेली थी। श्रोता थी तो मैं ख़ुद या मेरे मन के भीतर बसी कोई अमूर्त छाया। या कहें, कोई था तो केवल दो भागों में विभक्त मैं। एक वक्ता, दूसरा श्रोता। पर पात्र मैं नहीं बनी। पात्र बिलकुल नहीं बनी, तभी न कहानी बनी वरना संस्मरण या आत्मनिवेदन होकर रह जाती। चूँकि यह सही मायनों में वाचन था इसलिए अपने स्वभाव में कहानी पूरी तरह वाचिक है। पर अन्ततः लिखी तो गई न! लिखी चाहे किसी और ने, मेरे कहे को सुनकर, पर लिखी मेरे ही आग्रह पर न! तो इमानदारी का तकाज़ा है कि स्वीकार करूँ कि अन्तर्चेतना में लिखवाने का ख़याल रहा होगा।

फिर भी चूँकि कहानी बोलकर कही गई है, लिखकर नहीं, इसलिए ज़ाहिर है, इसका अन्दाज़ेबयाँ मेरी बाक़ी कहानियों से फ़र्क़ है। पहले मन में आया, जो पहले कभी नहीं किया, इतनी ख़राब तबीयत में कैसे करूँगी? यानी बोलकर लिखवाना। फिर मनोहर श्याम जोशी के प्रेरक शब्द याद

आए। एक बार पहले तबीयत ख़राब थी या कहना चाहिए, मन ख़राब था तो उन्होंने सुझाव दिया था कि वह टाइपिस्ट भेज देंगे, मैं कहानी डिक्टेट कर दूँ। जब मैंने कहा, वह तो मुझसे होगा नहीं तो उन्होंने थोड़ा फटकारकर कहा, ''याद रखो, लेखन में ऐसी कोई चीज़ नहीं है जो तुम चाहो और न कर सको। सिर्फ़ मन बनाना होगा।'' तब तो ख़ैर, वह नौबत नहीं आई। मैंने ज़िद करके लिख ही डाला। पर अब ज़िद के बल पर रिकॉर्ड तो किया जा सकता था, सिर नहीं उठाया जा सकता था; न देखा-लिखा जा सकता था। तो उनके शब्दों से अपनी ज़िद को बढ़ावा दे, मैंने कहानी बोलकर रिकॉर्ड कर ली। टाइप होकर आई तो थोड़ा-बहुत नोक-पलक की ज़रूरत महसूस हुई। कुछेक ख़ाली जगह भी मिलीं जिन्हें भरना ज़रूरी लगा। जब कुछ जोड़ना हुआ तो मैंने पहले उसे बोलकर रिकॉर्ड किया। फिर सुनकर काग़ज़ पर उतारा, जिससे कहानी के अन्दाज़ेबयाँ में बाल न आए। शैली-शिल्प, रवानगी बरकरार रहे।

अलबत्ता परिवेश इसमें वही है, जो असल में है; जो वाक़ई घट रहा है हमारे आसपास। जो सितम हम पर हर वक़्त तारी रहना है, और जिसमें, हमारे अज़ीम प्रधानमंत्री के बार-बार कहने के बावजूद, निमिष मात्र भी फ़र्क़ नहीं आया है। भ्रष्टाचार, रिश्वत—सब वैसे का वैसा चल रहा है। क़ानून को कोई नहीं मानता। नागरिकता के मानी सबके लिए शून्य हैं। मानवीयता का कहीं नामोनिशां नहीं है। प्रधानमंत्री की अज़मत इसमें क्या करेगी, जब यहाँ का हर नागरिक, नागरिकता के उसूलों से कतई नावाकिफ़ है; वाकिफ़ होना भी नहीं चाहता। इंसानियत के उसूलों से तो कब का नावाकिफ़ हो चुका। कब का उन्हें पीछे छोड़ चुका। पता नहीं, इतनी लम्बी ग़ुलामी का असर है या हमेशा से हमारा राष्ट्रीय चरित्र ऐसा ही स्वार्थी और आत्मकेन्द्रित था! आप लाख उपदेश दे लें, कोई फ़ायदा होता नहीं। जब गांधी जी हमें अहिंसक नहीं बना पाए तो चाहे कितने अज़ीम से अज़ीम नेता आ जाएँ, कुछ होने-हवाने वाला है नहीं।

जो है, यही है और बतौर मिसाल है, सामने बन रहा मकान। बिल्डर बना रहे हैं ये चार मंज़िला मकान। बेचेंगे। इसके चारों तरफ़ उन्होंने कोई आड़ या घेरा बनाने की ज़हमत नहीं उठाई है। एमसीडी का नियम है तो हुआ करे, उनकी बला से! कौन नहीं जानता कि अपने यहाँ हर काम रिश्वत से सिद्ध हो जाता है। क़रीब छह महीने तक लगातार हम उन्हें

आगाह करते रहे। उनकी कम्पलेंट पुलिस में देते रहे। पुलिस वाले आते-जाते रहे। आला अफ़सरों से भी बात की, पर कुछ नहीं हुआ। मकान बदस्तूर बनता रहा और उसकी धूल-मिट्टी हमारे घर में गिरती रही। आँख के ऑपरेशन की तारीख़ तय होने से पहले मैंने उनसे गुज़ारिश की कि आप नियम-क़ायदा मानते नहीं, सब काम रिश्वत से चलाते हैं, तो कम-से-कम मानवीयता का तकाज़ा तो मानिए। कृपया इसके चारों तरफ़ आड़ बनवा दें, क़ानूनन जो ज़रूरी है, बस उतनी, जिससे धूल-मिट्टी आकर हमारी आँख में न गिरे। उनका जवाब काबिले क़िस्सा था। बोले, "सिर्फ़ हमारे मकान की धूल-मिट्टी वजह नहीं होगी आपकी आँख ख़राब होने की!" यानी कुछ वजह वह ज़रूर थी मगर चूँकि पूरी वजह नहीं थी इसलिए उन्हें मानवीय होने की दरकार नहीं थी! सो, उनका काम उसी बेढंगी चाल चलता रहा।

हमने उनसे इल्तिजा की कि जिस दिन उनके यहाँ कांक्रीट मिक्सर आकर ज़बर अंधड़ उड़ाने वाला हो या बीच रात, एक दो या तीन बजे, ट्रक आने हों तो हमें ज़रा पहले बतला दें जिससे हम दिन भर के लिए बहन के घर पनाह ले लें पर इतनी इंसानियत भी उन्हें गवारा न हुई। जो सुपरवाइज़र कभी-कभाक ये सूचना दे जाया करता था, उसकी उन्होंने छुट्टी कर दी। आख़िर उसे इंसानियत दिखलाने को तो बहाल किया नहीं गया था; मज़दूरों पर नज़र रखने को किया गया था। तो अब वहाँ ज़िम्मेवार आदमी कोई नहीं था, यानी ऐसा कोई नहीं था, जिसे किसी ग़ैर-कानूनी काम के लिए ज़िम्मेवार ठहराया जा सकता। समझिए कि भरा-पूरा जंगल राज था।

मैं देखने के क़ाबिल नहीं थी। लिखने के क़ाबिल नहीं थी। उन्हीं दिनों मुझे बारम्बार याद आया, 'समकालीन साहित्य' के सम्पादक का इसरार कि कोई कहानी दीजिए, लम्बी। तब मेरे मन में आया था कि रोज़नामचे जैसी कहानी मैं नहीं लिखती। लम्बी कहानी बनती है तो बमुश्किल और पता नहीं कब? पर अब साहब, रोज़नामचा ही, शतरंजी घोड़े की तरह यों ढाई चाल चला और उलट-पुलटकर चलता चला गया कि ख़ुद-ब-ख़ुद क़िस्सा बन गया। मेरा नहीं, अनेक उन किरदारों का जो अन्तर्चेतना में अनायास यों चले आए जैसे अर्से से मेरे अपने रहे हों, फिर कहीं बिला गए हों और अब मुझे अकेला जान, दोबारा साथ हो लिये हों!

यों हाथ से लिखने से शुरू होकर कम्प्यूटर की मायावी दुनिया से होती हुई मैं पुरखों से विरासत में मिले वाचन पर आई। पुरखे चाहे जो सोचें, मेरी ख़ुदा से यही दुआ है कि ऐसा मौक़ा फिर न आए। इस अन्दाज़ में मुझे दोबारा कहानी न कहनी पड़े। चाहें तो आप भी दुआ कर लें। कोई दबाव नहीं है। मन हो तो करें वरना ज़हमत न लें।

मेरी लरज़ती आवाज़ में बोली कहानी को सुनकर टाइप करने के लिए मैं लता कपरवान की बहुत आभारी हूँ। उन्होंने कहानी टाइप ही नहीं की, उसे पढ़ा और ख़ूब मज़े लेकर पढ़ा; रस ले-लेकर मुझसे बाँटा भी। टाइपिस्ट से ज़्यादा इस कहानी की पहली संवेदनशील पाठक होने के लिए मैं 'पब्लिक में' उनका शुक्रिया कहना चाहती हूँ।

—मृदुला गर्ग

वसु का
कुटुम

बी.के. सपोत्रा घर बनवा रहे हैं। अच्छा कर रहे हैं। घर बनवाओ,सबाब लो। परिवार वालों को बारिश–लू से पनाह मिले। निजता पले। बच्चे जन्म लें। दरोदीवार ज़िन्दगी की क़शिश से सराबोर हो। मज़ा आ जाए जो घर में एक बगीची भी हो, भले छोटी–सी। खाद डाल मामूली सब्ज़ी–फूल उगाए जाएँ। भिंडी–बैंगन–टमाटर तो उगाए ही जा सकते हैं। वह भी नहीं तो हरा धनिया और लौकी–करेले की बेल सही। मिट्टी की छुअन और आसमान का नज़ारा, इन्सान होने के गुमान को पुख्ता करते हैं। यह तसल्ली भी बनी रहती है कि खुले में सोने की मजबूरी नहीं है। जब चाहो, छत के नीचे पनाह ले सकते हो। मन हो, बाहर बने रहो, न हो तो भीतर जा संग–साथ निभाओ या अकेले क़िताब पढ़ो। बच्चों, बड़े–बूढ़ों को सुरक्षा दे, ऐसा घर बनाना सचमुच सबाब का काम है। ख़ासकर तब, जब घर ऐसी ज़मीन पर बने, जिसे बंजर जान खेती में न लगाया गया हो। पेड़ भी न काटने पड़ें और रंग चोखा जमे। ग़लत कह गई। बंजर दरअसल कोई ज़मीन होती नहीं; पानी–खाद दे मशक्कत करो तो और कुछ नहीं, कीकर, बबूल तो उगाया ही जा सकता है। बथुआ, लोभिया भी, बशर्ते पाँव तले ज़मीन हो।

मैं ज़बर ग़लती कर गई। बी.के. सपोत्रा घर नहीं, मकान बनवा रहे हैं। चार तल्ला। परती ज़मीन पर नहीं, पुराने मकान के ढेर पर। ढहाया भी उन्हीं ने था। बिल्डर हैं जनाब। करोड़पति। करोड़ों देकर शहर की आला कॉलोनी में पहले घर ख़रीदा, फिर ढहाया; अब उस मलबे पर नया मकान बनवा रहे हैं, जिसका हर तल्ला, अलग–अलग मालिक को बेचेंगे। लोग बीच अधर

टँग कर जिएँगे, न पाँव तले ज़मीन, न सिर के ऊपर खुला आसमान। जिन दो ख़रीदारों को, पाँव तले ज़मीन या सिर पर आसमां नसीब होगा, जेब ज़्यादा ढीली करनी होगी।

बी.के. सपोत्रा ने जब पुराना घर तोड़ा तो महीनों पड़ोस में धूल-मिट्टी उड़ाकर अपना रुतबा बुलन्द किया। पड़ोसी खाँस-खाँसकर बेहाल हुए तो क्या, इतने मज़दूरों को काम मिला न, भले न्यूनतम से कम मजूरी पर।

बनती इमारत के चारों तरफ़ टीन की चद्दर की आड़ लगवा, लोगों की नज़र से छुपाकर उनके फेंफड़ों को दमे, तपेदिक, ब्रोन्काइटिस से सुरक्षित रख कर, सबाब का काम करना, पश्चिमी अपसंस्कृति की निशानी है। हम जो करते हैं, खुल्लमखुल्ला, पेशाब हो या थुक्का फजीहत। उनके सामने धूल-मिट्टी की क्या बिसात जो चन्द लोगों की साँस की खातिर, ढक-ढाँपकर उड़ाएँ! कोई दीवाना ही उसकी शिक़ायत करेगा और दीवाने अब पॉश कॉलोनी में नहीं पाए जाते; जब से मोहल्ले कॉलोनी बने, वे नेस्तनाबूद हो गए।

जो घर बी.के. सपोत्रा ने ख़रीदा और ढहाया, उसकी अलग कहानी है। बाग़-बगीचे के शौक़ीन मध्यवर्गीय बाबू चमनदास ने बनवाया था वह घर। कमरे कुल जमा चार थे, बच्चे भी कुल जमा दो, पर बाहर काफ़ी बड़ा, खुला अहाता था। कम-अज़-कम उन्हें बड़ा मालूम पड़ता था क्योंकि उसमें मोतिया, नर्गिस, गुलाब के फूलों और टमाटर, गाजर, मूली, बथुआ, बैंगन और भिन्डी आदि सब्ज़ी के पौधों के अलावा, एक छोटा-सा घास का 'लॉन' भी था। 'लॉन' शब्द का इस्तेमाल करते हुए उनकी हरदम झुकी गरदन कुछ तन जाती थी। बेटे मज़ाक उड़ाते कि काहे अंग्रेज़ी की रेढ़ पीट रहे हैं, घास का टुकड़ा कहिए न! तब वे गरदन वापस झुका लेते पर कहते लॉन ही जाते। हर हफ़्ते वे हस्तचालित लॉन मोअर से घास की काट-छाँट करते थे। वह उनके जीवन की अकेली ऐयाशी थी, वरना बेचारे चमनदास, निहायत चुप्पे, सिगरेट-शराब से परहेज़ी, रात जल्दी सोने और सुबह जल्दी उठने वाले शाकाहारी बन्दे थे। बस, हर इतवार सुबह-सुबह घास पर मोअर चलाने में शराबनोशी का-सा सुरूर था, जिसमें वे कभी नागा नहीं करते थे। शुरू-शुरू में बीवी बच्चों समेत पड़ोसियों ने छुट्टी के दिन, अलस्सुबह, मोअर की खिर्र-खिर्र पर एतराज़ किया ज़रूर पर ज़रूरत से

ज़्यादा विनीत चमनदास के धीमी आवाज़ में कहे, "आप कहें तो और धीमे चला लिया करूँगा पर..." में कुछ ऐसी दृढ़ता थी कि वे चुप हो गए।

एक दिल्लगीबाज़ पड़ोसी ने इतना ज़रूर कहा कि "यार चमन, तुम तो सुना, गांधीजी के साथ स्वदेशी के लिए लड़-भिड़ आए थे तो घास अंग्रेज़ी मोअर से क्यों काटते हो, देसी तलवार से काटा करो। न शोर, न खर्च, रंग चोखा आए।"

तब चमनदास ने सिर कुछ और झुकाकर नर्म आवाज़ में अर्ज़ किया, "हम बनिए हैं। पूरे खानदान में तलवार नहीं है। हमें चलानी भी नहीं आती; गांधीजी ने कभी सीखने को कहा नहीं। घसखुद्दे को बुलाकर कटवा तो लें पर घास इतनी समतल नहीं कटेगी। और...सूँघकर देखिए, ये ताज़ा बिसमी घास की महक। है न इत्र से बेहतर! बिसमी हुई घास के ढेर से जो आला महक आती है, वो तलवार से कटी घास से नहीं आती। ढेर जो नहीं बनता। घास के कण इधर-उधर छितरा जाते हैं।" ये उन्होंने इस अन्दाज़ में कहा, जैसे किसी नज़दीकी का मर्सिया पढ़ रहे हों! दिल्लगीबाज़ पड़ोसी इतना शर्मसार हुआ कि ये तक न कह सका कि बिसमती चूड़ियाँ हैं, घास नहीं। यह भी दिमाग़ में आया कि चूड़ियों की तरह घास की भी तो कनकियाँ बनती हैं, जिनके ढेर में इन्द्रधनुष नज़र आता था बचपन में। ग़लत नहीं कह रहा बूढ़ा। तलवार से घास काटोगे तो वे छितर जाएँगी। यों बूढ़ा है नहीं पर जवानी में ही चेहरे- मोहरे और लहज़े से पैदाइशी बूढ़ा लगता है। रफ़्ता-रफ़्ता बाक़ी पड़ोसियों ने मोअर की किर्र-किर्र, खिर्र-खिर्र को चिड़ियों की चहचहाहट की तरह कुबूल कर लिया। यह उस वक़्त की बात है जब महानगरों की पॉश कॉलोनियों में भी चिड़ियों का चहचहाना पूरी तरह ख़त्म नहीं हुआ था।

उस घर का आधा बूढ़ा, आधा जवान मालिक बदस्तूर अपने छोटे-से घास के टुकड़े को लॉन बतलाकर, लॉन मोअर से कुतरता रहा। लड़के-बाले और अड़ोसी-पड़ोसी उसका मखौल उड़ाते रहे। वक़्त गुज़रता गया। और जब वक़्त गुज़रता है तो जो होना होना है, वही होता है। हाँ, ठीक कह रहे हैं आप। अनहोनी भी होती है। मगर अनहोनी भी तो होती होनी ही है। तो वह मकान का मालिक धीरे-धीरे वाक़ई बूढ़ा हुआ और फिर एक दिन चल बसा। पीछे रह गए दो बेटे और एक विधवा।

बेटों ने सोचा, उस घर को तोड़कर एक दो मंज़िला फ़्लैट बनाया जाए जो दोनों के नाम हो। फिर सोचा, दो क्यों, चार मंज़िलें बनाई जाएँ। चार फ़्लैट हों जिनमें से दो को बेचकर मुनाफ़ा कमाया जाए और दो में रहा जाए। विधवा की अनकही मंजूरी से बेटों ने घास के लॉन और सब्ज़ी-फूल की क्यारी समेत घर बिल्डर को बेच दिया। चार तल्लों में से दो तल्ले दोनों बेटों के नाम होने वाले थे। बेवा का क्या था, दोनों में से किसी के मकान में पड़ी रहती। महिला आयोग की सदस्या बड़े बेटे की बीवी ने इतनी एहतियात ज़रूर बरती कि वकील के पास जाकर, एक सर्टीफ़िकेट तैयार करवा लिया जिससे बाद में झंझट-झमेला न हो। नॉन ऑब्जेक्शन सर्टीफ़िकेट, यानी विधवा को आपत्ति नहीं थी कि मकान दोनों बेटों के नाम हो और वह इसके या उसके साथ, इसकी या उसकी या अपनी मर्ज़ी से रहे। स्त्री अधिकारों के लिए लड़ने वाली स्वयंसेवी संस्थाओं का क्या एतबार कि कब कौन किसके ज़रिए केस खड़ा कर दे?

इस तरह उस घर के ढेर पर या उस घर के मालिक की समाधि पर; नहीं, समाधि तो बड़े लोगों की होती है; उस घर के मालिक की अरथी पर एक मकान बनना शुरू हुआ। दक्षिण दिल्ली की पॉश कॉलोनी में। दोनों बेटे दिल्लीनुमा कंजूस थे यानी अपने पर काफ़ी खर्चा करते थे मगर जब सौदा करना होता तो सस्ते से सस्ता सौदागर ढूँढ़ते। अब भी ढूँढ़ा। दिल्ली में सब कुछ मिलता है; महँगे से महँगा और सस्ते से सस्ता। महँगे बिल्डर घर का मलबा बनाते और मलबे पर नया मकान खड़ा करते हुए, उसके चारों तरफ़ ऊँची आड़ बना देते हैं और आगे अपने नाम की पट्टी लगा देते हैं, जिससे उनका नाम अच्छे नागरिक और रुतबेदार बिल्डर की तरह रौशन हो। सस्ते बिल्डर नामचारे को आड़ बनाते हैं कि कोई ऊँची नाक वाला पड़ोसी, धूल-मिट्टी की शिक़ायत न करे। सस्ते से सस्ता बिल्डर जो करता है खुल्लमखुल्ला, बिला आड़-परदे वगैरह। बी.के. सपोत्रा, जिन्हें बेटों ने चुना, तीसरी श्रेणी के थे। वैसे दिल्ली के बाशिन्दे इतनी मोटी खाल के हैं कि धूल-मिट्टी पर एतराज़ नहीं करते। सोचते हैं कि आज इनके घर का जनाज़ा निकल रहा है, कल हमारे का निकलेगा। घर का जनाज़ा निकलेगा तभी न मकान बनेगा। फिर जानते हैं कि एतराज़ करने से कुछ होने वाला है नहीं। पुलिस में रपट लिखवाएँगे। पुलिस वाले आएँगे। डाँटेंगे-डपटेंगे

और रिश्वत लेकर चलते बनेंगे। जो सच्चाई भगवान के होने की तरह हो...क्या, आप भगवान को नहीं मानते? न मानें। मगर ये सच्चाई दुनिया के होने की सच्चाई जैसी है; इससे इनकार नहीं कर सकते। जब उसे सब जानते हैं तो दीवार से सिर क्यों मारें? फिर यहाँ तो पड़ोसी वही थे, जो दुमंज़िला, तिमंज़िला, चार मंज़िला मकानों में रहते थे और उस एक मंज़िला घर और घास के टुकड़े का मखौल उड़ाया करते थे। अब उन्होंने सोचा कि वह तो था एक बेवकूफ़ पर चलो, उसके बेटे हमारी तरह हैं, और अपनी फ़ितरत के लोगों से क्या रंजिश!

तो यों एक हरा-भरा घर मलबा बना। उसके ढेर पर सबसे पहले ख़ूब गहरा गड्ढा खुदा। यों कि आजकल गाड़ियाँ खड़ी करने हेतु, बहुमंज़िला इमारत में बेसमेंट बनाना क़ानूनन लाज़िमी है। क़ब्र से गहरा गढ़ा खुदा तो कभी-कभार, आने-जाने वाले उसमें गिर-गिरा भी लिये। पर बी.के. सपोत्रा ने जेब गरम करके उन्हें ही नहीं, स्थानीय पुलिस कर्मचारियों को भी बस में कर लिया। गड्ढे के चारों तरफ़ आड़ बनाने पर किसी ने ज़ोर नहीं डाला। गश्ती सिपाही का दावा था कि लोगों को उस पर एतराज़ नहीं, एहतिराम था क्योंकि जब ज़रूरत होती, वे उसमें फिसलकर पैसे वसूल कर लेते। मोहल्ले के शराबनोश ख़ास तौर पर उसके मुरीद थे।

एक मज़ेदार बात और। बी.के. सपोत्रा बिल्डर, पर्यावरण प्रेमी और संरक्षक भी करार कर लिये गए क्योंकि घर के सामने उगा, सौ साल पुराना सेमल का पेड़, उन्होंने कटवाया नहीं। उसकी शाखाओं से, मज़दूरों के चड्ढी-बनियान सुखाने और सीमेंट की बोरियाँ लटकाने का काम लिया जाने लगा। पड़ोसियों ने सोचा था, नया मकान बनेगा तो जंगल के लायक और शहरी बस्ती के बिलकुल नालायक सेमल का पेड़, जो पूरा साल, किसी-न-किसी क़िस्म का कूड़ा झाड़ता रहता था, कट जाएगा। पर नगर निगम ने उसकी अनुमति नहीं दी। रिश्वत लेकर भी दारोगा या ट्रक चालक उसे मार गिराने को राज़ी न हुए। झड़ते सूखे पत्ते, टहनियों का कचरा, फूलों का पराग, रूई के थक्के पहले से फेंफड़ों में घुसते रहे थे; अब सीमेंट, बदरपुर और रेत को भी मंज़ूरी मिल गई।

फिर कुछ अनहोनी हुई वहाँ। एक फ़्लैट में रहने एक अकेली औरत आई। फ़्लैट क्या, तीसरे माले की आधी छत पर बनी बरसाती थी। किसी एनजीओ में काम करती थी। बहनजी टाइप थी। पढ़ी-लिखी ज़रूर थी मगर फ़ैशन-वैशन नहीं करती थी। ऊपर से दुबली-पतली, छरहरी, चुटीली थी। पैंसिल की तरह। सिरे पर मुंडी थी ज़रूर एक गोल, मगर कुछ देर उसके साथ रहने पर लगता, वह तराशी हुई पैंसिल की नोक है, मुंडी नहीं। उतनी ही नुकीली और चुभती हुई थी उसकी शख्सियत। ऐसी कॉलोनी में आकर रही जहाँ तमाम औरतें मोटी थीं। महँगे कपड़ों में लिपटे परतदार बदन, शहरी मध्यवर्ग की खास पहचान है। जैसी हमारी रिवायत है, कॉलोनी की तमाम मोटी औरतें, दुबलों को दुबला बतलाकर हँसती रहती थीं। अरे, आप तो और पतली हो गईं, बीमार थीं क्या? आजकल की औरतों भी बस डायटिंग ही करती रहती हैं। अरे भई, तुम्हें हो क्या गया? किधर जा रही हो? उस औरत से कहा तो वह बोल पड़ी, "अजी, जा तो सब उधर ही रहे हैं। बस, हम धरती पर बोझ कम किये हुए हैं।" लोग बहुत नाराज़ हुए। एक बार किसी ने कहा, "अरे आप तो और दुबली हो गईं, "तो बोली, "नहीं, मैं और दुबली नहीं हुई, आप और मोटी हो गईं। ये मामला रेलेटिव है। तुलनात्मक।" लोग और नाराज़ हुए।

सच सुनना किसी को अच्छा नहीं लगता। आप दुबली औरत से तंज़ करके पूछें, वह दुबली क्यों है, जैसे दुबला होना जुर्म हो, गुनाह हो, तो वाजिब है। मगर मोटे आदमी से कहें, मर्द हो, औरत हो, कि वह मोटा है तो बहुत ग़ैरमुनासिब माना जाता है। क्योंकि हर कोई तो यहाँ मोटा है भाई। कम-अज़-कम जो मालदार है, वह मोटा है। जब हर महत्त्वपूर्ण आदमी मोटा है तो अगर आप उसे मोटा कहेंगे, तो वह होगा बहुसंख्यकों के जज़्बात को ठेस पहुँचाना। आप जो करें, बहुसंख्यक को ठेस नहीं पहुँचा सकते, क्योंकि वही तो हमारा लोकतंत्र चलाते हैं। वही हमारे नेता चुनते हैं। वही सब कुछ हैं, देवता कहिए, ख़ुदा कहिए या कहिए अन्नदाता।

एक छोटी-सी गाड़ी भी थी उसके पास। टुटपूँजिया-सी, पुरानी, शायद वैगन आर। बाकियों के पास बड़ी-बड़ी गाड़ियाँ थी—होंडा, आईकॉन, एसटीम। किसी-किसी के पास तो क्या कहें, बीएमडब्ल्यू तक थी। उन

ठाठदार गाड़ियों में बैठ, वह उस कॉलोनी की छोटी, तंग सड़कों को घेरकर ऐसे चलते थे, जैसे गाँव की पगडंडी पर हाथी। और उसकी गाड़ी क्या थी, पहियों पर चलता-फिरता ताबूत। वैसा ही लम्बूतरा-चकोर-सा उसका आकार था। वैसे ही नाक-नक्श। ऊपर से जिस्म पर तरह-तरह के गड्ढों-खड्ढों के निशान बने हुए थे। जैसे उसके भीतर लिटाए इन्सान को मरने के बाद, बर्छियों, भालों, लाठियों से नोचा-कोंचा गया हो! जिससे उसका जो हुआ हो, ताबूत पर काफ़ी हौलनाक क़िस्म के घाव उभर आए। चलिए, घाव न सही, घाव के निशान सही। घाव जो थे, पता नहीं उस औरत के जिस्म पर थे या मन पर। पर इतना ज़रूर था कि उन घावों के चलते, वह काफ़ी ज़िद्दी क़िस्म की औरत बन चुकी थी।

लोग जितना मज़ाक उस औरत की छरहरी, पैंसिलनुमा काया का उड़ाते, उतना ही उसकी ताबूतनुमा गाड़ी का। जब लोग उस पर फ़ब्ती कसते और हँसते तो मन-ही-मन उसके शुक्रगुज़ार भी होते। क्योंकि जब से एक मंज़िला मकान का मालिक गुज़रा था, कॉलोनी में हँसी-मजाक का सबब कम हो चला था। पर अपना परवरदिगार, बड़ा दिलदार, दानवीर क़िस्म का विदूषक है। बंदों के लिए एक-आध प्रहसन जुटा ही देता है। तो वह 'लॉन' नामजपू घसखुद्दा गया तो यह चलती का नाम गाड़ी आ गई।

मुश्किल यह थी कि वह चलती का नाम गाड़ी थी ज़रूर, पर चलती ज़्यादा थी, गाड़ी का इस्तेमाल कम करती थी। उसकी गाड़ी की रफ़्तार अड़ी-अड़ी सी थी तो उसकी अपनी रफ़्तार, सोच की और तकरार की, उतनी ही तेज़ थी। रफ़्तार से चलती तो कोई-न-कोई उसकी चपेट में आ जाता और लहूलुहान न भी होता तो खरोंच खा जाता।

वह औरत, क्या बतलाऊँ, कुछ ज़्यादा ही अफ़लातून थी। आते ही शुरू हो गई कि यह जो मकान बन रहा है, उसके चारों तरफ़ घेराबंदी क्यों नहीं की गई। एमसीडी का नियम है कि जो भी दुमंज़िला, तिमंज़िला या चार मंज़िला मकान बनाया जाए, उसके चारों तरफ़ बाड़ा बनाया जाए, जिससे अन्दर से धूल-धक्कड़ बाहर न आए। जब यह घर ढहाया गया था तब जो क़यामत बरपा हुई थी, क्या बतलाएँ। पर उस वक़्त वह औरत उस कॉलोनी में नहीं थी। इसलिए जो हुआ, सो हुआ। पिछले जन्म की तरह। अब उसने

बखेड़ा ही शुरू कर दिया कि इसके चारों तरफ़ बाड़ा बनवाओ। पुलिस में दरख्वास्त दी। पुलिस का जैसा कि उसूल है, आए और रिश्वत लेकर चले गए। उसने फिर दरख्वास्त दी, ज़रा सीनियर अफ़सर को। सीनियर अफ़सर आया और ज़्यादा तगड़ी रिश्वत वसूल करके चला गया। उसने उससे सीनियर अफ़सर को दरख्वास्त दी, उसने तगड़ी से तगड़ी रिश्वत वसूल की और चला गया।

सुनने में आया था कि उस औरत के साथ बलात्कार हुआ था पर कॉलोनी के भद्र जन मानने को तैयार नहीं थे। वे जानते थे, या कम-से-कम सोचते थे कि जानते हैं कि बलात्कृत औरत डरी-सहमी रहती है। इस तरह झगड़ा करती नहीं घूमती। वह भी रौबदार मर्दों से। कुछ लोग कहते थे, झगड़ालू नहीं, जांबाज़ है। मगर जांबाज़ भी नहीं हुआ करतीं ज़्यादतीशुदा औरतें। यह मानना था सभी का, मर्द हों या औरतें।

क्या-क्या कहें आपसे, वह औरत दुकान पर जाती तो पूछे बग़ैर न रहती, "जो दे रहे हो माल, वह ताज़ा है न?"

एक दिन दुकानदार ने कहा, "हाँ, आज ही आया है।"

तो बोली, "आज ही आया है से मतलब नहीं है। मतलब है कि बना कब था?"

उसने कहा, "मेरी तो है नहीं फ़ैक्टरी कि मैं बताऊँ आपको, कि कब बना है।"

"लिखा होता है पैकेट पर।"

"लिखा होता है तो पढ़ लो।"

तो पढ़ा। बोली, "ये तो बहुत जल्दी एक्सपायर होने वाली है।"

दुकानदार कुछ शायराना क़िस्म का था, बोला, "यह तो ज़िन्दगी का क़ायदा है कि जो आता है, वह जाता है।

लाई हयात आए कज़ा ले चली चले
अपनी ख़ुशी न आए न अपनी ख़ुशी चले।"

"मतलब?"

"जो इसे खाएगा वह एक्सपायर भी करेगा।"

"पर ये तो तुरन्त एक्सपायर करने वाली है। एक महीने के अन्दर।"

"मगर आप एक महीने बाद तो नहीं न ख़रीद रहीं। अभी ख़रीद रही हैं।"

"तो क्या मैं इसे जाते ही निगल जाऊँ?"

"आपके निगलने के बारे में मैं क्या कह सकता हूँ।"

"भई, दो-चार महीने तो चलनी चाहिए कि आराम-तसल्ली से आदमी खाए।"

"तो फिर रहने दीजिए। एक आप ही हैं जो ऐसी बातें करती हैं। इस कॉलोनी में इतने भद्र जन रहते हैं; सब हड़बड़ ले जाते हैं; भड़-भड़ खाते हैं। जो होता है, एक दिन में निबटा देते हैं। अगले दिन फिर आ जाते हैं ख़रीदने।"

उसने समझाया, "देखिए भाईजान। यह आपकी दुकान है। आपका धंधा है। धंधे में बरकत तभी होती है जब आदमी चौकन्ना रहे। आप पुरानी चीज़ें क्यों ख़रीदते हैं? अगर आप पुरानी चीज़ें ख़रीदेंगे नहीं तो बेचेंगे भी नहीं। तो सबका फ़ायदा होगा न!"

"कैसे? सबका फ़ायदा कैसे होगा? नगज़ खपाई तो मेरी होगी कि मैं पहले उसकी तारीख़ पढ़ूँ, फिर उसकी तफ़्तीश करूँ, फिर उसे वापस करूँ, फिर दूसरा लॉट मँगाऊँ। वो जब आए तो उसकी तफ़्तीश करूँ। उसका हिसाब-किताब रखूँ। अरे भइया मैं अमीर आदमी नहीं हूँ। छोटा-सा दुकानदार हूँ। मेरे पास पाव-प्यादे नहीं हैं कि मैं वज़ीर की तरह उन पर हुक्म चलाता रहूँ। मैं ही इस दुकान का पीर-बावर्ची सब कुछ हूँ। तो मैं जो माल लाता हैं, ले लेता हूँ, और जो लेता है उसको दे देता हूँ। आपको लेना है तो लीजिए, नहीं तो आगे जाइए। इतना वक़्त आपने मेरा बर्बाद कर दिया। इतनी देर में तो मैं कोई बिजनेस की जुगत सोच लेता।"

ऐसी बातें रोज़ होती थीं। लोग हँसते और किनारे लग जाते कि भई, चलो, एक मज़ाहिया कार्टून अपनी कॉलोनी में चलता-फिरता रोज़ नज़र आने लगा है।

एक दिन तो हद हो गई। सुबह-सुबह वह औरत उस दुकानदार के पास पहुँची और बोली, "ये अंडे किसने दिये हैं?"

दुकानदार ने कहा, "मैंने नहीं दिये।"

"दिये तो मुर्ग़ियों ने ही होंगे। मेरा मतलब है, फ़ार्म की मुर्ग़ियों ने दिये हैं या देसी मुर्ग़ियों ने?"

"मेरी उनसे कोई बातचीत नहीं हुई। इसलिए मुझे नहीं मालूम कि वे फ़ार्म की मुर्ग़ियाँ थीं कि देसी मुर्ग़ियाँ।"

"अच्छा, दाम क्या है?"

दुकानदार ने दाम बतलाए।

उसने कहा, "इतने दाम तो देसी अंडों के होते हैं।"

दुकानदार ने कहा, "तो ये देसी होंगे?"

"अगर देसी होते तो इन पर चिप्पी चिपकी होती कि ये देसी हैं।"

"फिर ये विदेशी होंगे।"

"मगर विदेशी अंडों के इतने दाम नहीं होते।"

"तो ये दामी होंगे?"

"असल मुद्दा यह है कि विदेशी हैं या देसी। नहीं-नहीं, विदेशी नहीं। आपने मुझे भी गड़बड़ा दिया। विदेशी नहीं, फ़ार्म के। मैं पूछ रही हूँ, फ़ार्म के हैं या देसी हैं?"

"देखिए, न मेरे पास फ़ार्म है, न मुर्ग़ियाँ। मैं ये बकवास जानने की कोशिश क्यों करूँ? मुझे अंडे बेचने हैं और ये अंडे हैं, बात ख़त्म। अगर मुझे इतनी ही झक मारनी होती तो मैं मुर्ग़ियाँ न पाल लेता।"

उसने कहा, "देखिए ,आपको अपने अंडों पर लेबल लगाकर रखना चाहिए कि यह फ़ार्म के अंडे हैं या देसी।"

"ठीक है बहनजी। अगली बार मैं मुर्ग़ियों से कहलवा दूँगा कि जब वे अंडे दें तो चिप्पी समेत दें। आपको वैसे ही मिलेंगे। अभी तो आप ऐसा कीजिए कि एक अंडा ख़रीद लीजिए। फोड़कर देखिए। सफ़ेद ज़्यादा हुआ तो विदेशी होगा, पीला ज़्यादा हुआ तो देसी। उसके बाद आप तय करें कि आप लेना चाहती हैं या नहीं।"

और वाक़ई उस औरत ने एक अंडा ख़रीद लिया और चल पड़ी। दुकानदार को बड़ा मज़ा आया कि चलो, जो भी है, सुबह-सुबह कुछ हँसी-ठट्ठा हो जाता है इसकी बदौलत।

यों धीरे-धीरे उस औरत और दुकानदार के बीच रब्त बढ़ने लगा। वह दुकानदार भी उस एक मंज़िले घर के मालिक की तरह पैदाइशी बूढ़ा था पर हँसी-ठट्ठा करके सदाबहार बना रहना चाहता था। अब सदाबहार तो सदाबहार है। बूढ़ा हो, जवान हो, सदाबहार होना चाहिए। उसे लगा, यह

औरत है मज़ेदार। उसने पाया कि सुबह-सुबह वह उसका इन्तज़ार करने लगा है कि आए तो कुछ मज़ेदार झक मारी जाए। असल में वह पहले एक अच्छा-भला मछुआरा था। इसलिए उसे मछली पकड़ने या झक मारने में बहुत मज़ा आता था। मगर अब रह रहा था दिल्ली शहर में। जहाँ न नदी थी, न तालाब-पोखर। न मछली थी, न झक मारने का सबब। बस, यही ऐसी मछली थी, जो यों थी भद्दी, बदहवास, ज़रूरत से ज़्यादा तेज-तर्रार, मगर झक मारने का मज़ा ख़ूब दे जाती थी। तो वह रोज़ इन्तज़ार करता कि वह आए और कोई मसला उठाए जिसपर दोनों मिलकर कुछ देर हँस-बोल लें।

फिर एक लम्बे अर्से तक वह औरत दुकानदार के यहाँ नहीं अई। कुछ दिन उसने इन्तज़ार किया। फिर कुछ परेशान-सा रहने लगा। क्या हो गया? इतने दिनों से आई क्यों नहीं? बीमार-वीमार तो नहीं हो गई? सोचने लगा कि क्या उसके घर जाकर पता करे? क्या एक अधेड़ मर्द का एक अधेड़ औरत के घर जाना मुनासिब है, जब वह अकेली रहती हो? और अधेड़ भी, अकेला रहता भले न हो पर जाए अकेला। सोच-विचार में काफ़ी दिन गुज़र गए। इधर-उधर टोहा-टोही करने के बाद भी उसके बारे में कुछ पता न चला। दो-चार बार उसके घर के सामने से हो आने पर देखा कि उसकी डिब्बीनुमा गाड़ी, धूल की परतों के नीचे छिपी-लुकी-सी घर के सामने खड़ी है। लगता था, काफ़ी दिनों से निकाली नहीं गई क्योंकि उस पर दाग़-धब्बे चाहे जितने थे, गाड़ी को वह धो-पोंछकर साफ़ रखती थी। इतनी साफ़ कि घाव बिलकुल स्पष्ट नजर आएँ। उसने कयास लगाया कि बहुत दिनों से गाड़ी इस्तेमाल नहीं की गई। यानी, औरत घर से निकली नहीं है। हालाँकि पूरी तरह से यह मतलब नहीं निकाला जा सकता था क्योंकि वह पाँव-प्यादे चलने में भी यक़ीन रखती थी। मगर पाँव-प्यादे चलती तो उसकी दुकान पर भी पहुँचती। आखिर हफ़्ता-दस दिन उसके घर के चक्कर काटने के बाद, उसने फाटक पर खड़े दरबान से पूछा। ज़ाहिर है, उस औरत का नहीं, वह दरवान जो आला लोग पास की बिल्डिंग में रहते थे, उनका था।

"भई, यहाँ जो एक औरत रहती है, इस गाड़ी की मालकिन, वो कहीं गई हुई है या यहीं है, कुछ जानते हो?"

उसने कहा, ''भई, देखो, औरतों के बारे में जानकारी रखने के लिए हमें नहीं रखा गया यहाँ। हमें रखा गया है ग़ैर मर्दों को आने से रोकने के लिए। हम किसी औरत के बारे में कुछ नहीं जानते।''

तीन-चार मालों का मकान था। वह कौन-से माले पर रहती है, यह भी उसे पता नहीं था और न उसका नाम। उस दिन तो हिम्मत हार वह वापस आ गया। दो-चार दिन बाद फिर हिम्मत की और जो सड़क पर झाड़ू लगाती थी, उस मोहतरमा से पूछा, ''भई, ये जो फटीचर-सी गाड़ी है, इसकी जो फटीचर-सी मालकिन है, वह क्या शहर में है या कहीं बाहर चली गई है? ये गाड़ी धूल खा रही है पड़ी-पड़ी, लगता है, इस्तेमाल नहीं की गई बहुत दिनों से। तो कहीं बीमार-वीमार तो नहीं है वो औरत?''

उस मोहतरमा ने, नाम था नजमा, कहा, ''हाँ, होगी ज़रूर बीमार। एक-आध बार मैंने उसे घिसटते-घिसटते दवाई की दुकान पर जाते देखा है। एक बार मुझसे कहा था एक स्कूटर ला देने को। पैसे दिये थे मुझे उसके लिए।''

''जानती हो, कौन-से माले पर रहती है?'' उसने पूछा।

''हाँ-हाँ, तीसरे माले पर रहती है। इसीलिए नीचे उतरने, ऊपर चढ़ने में और तकलीफ़ होती है।''

''बीमारी क्या है?''

''ठीक तो पता नहीं। साँस फूली-फूली थी। मैंने कहा भी, तुम्हारे साथ दवाखाने तक चलूँ? पर उसने कहा, नहीं, कोई ज़रूरत नहीं है।''

दुकानदार उस दिन फिर लौट आया। मगर उससे रहा नहीं गया। दो दिन बाद हौसला कर, उसके घर के सामने पहुँचा और दरवाज़ा खटखटाया। बहुत धीमे से, हौले से, डरे-डरे। जैसे एक अकेले अजनबी मर्द को मुनासिब था। दरवाज़ा नहीं खुला। उसने दम साध कर घंटी बजा दी। काफ़ी देर बाद अन्दर कुछ हलचल हुई। घिसटते क़दम बाहर आए और दरवाज़ा खुला। सामने वही बदमिज़ाज, दुबली, कृशकाय औरत खड़ी थी।

''कुछ पैसे रह गए क्या?'' उसने पूछा।

''नहीं, पैसे क्यों रह जाएँगे!''

''आपका कोई बिल है क्या?''

''नहीं, बिल क्यों होगा!''

''फिर आप?''

"मैं पूछने आया था...तबीयत ख़राब है क्या? बहुत दिनों से दुकान पर आईं नहीं।"

"हाँ," उसने कहा, "तबीयत ख़राब है।"

"मैं अन्दर आ जाऊँ?"

"आ जाओ।"

वह अन्दर आ गया। वह निढाल-सी एक कुर्सी पर पसर गई। दुकानदार ने बिना पूछे, रसोई में रखे गिलास में पानी भरा और लाकर उसे पकड़ा दिया।

"क्या हुआ है?"

"पता नहीं। दिल-विल की बीमारी है शायद।"

"दिल की बीमारी है! डॉक्टर को दिखाया है?"

"हाँ, गई थी एम्स।"

"किसके साथ?"

"वो दफ़्तर है न मेरा।"

"अरे हाँ, तुम तो एनजीओ में काम करती हो। तुम्हारे साथी-सहयोगी होंगे वहाँ, और वो लोग तो काम ही यही करते हैं—समाजसेवा का, जग भलाई का। तो तुम्हें ले गए होंगे अस्पताल?"

"हाँ, ले गए थे।"

"फिर क्या हुआ?"

"देख लिया डॉक्टर ने।"

"फिर क्या हुआ?"

"दे दी दवा।"

"फिर क्या हुआ?"

"फिर कुछ नहीं हुआ।"

"फ़ायदा हुआ या नहीं?"

"हुआ ही होगा। जब मरी नहीं, जिन्दा हूँ।"

"कोई है तुम्हारी देखभाल को?"

"मेरी देखभाल को कौन होगा? मैं हूँ न लोगों की देखभाल के लिए।"

"अरे भइया मैं लोगों की बात नहीं कर रहा, तुम्हारी बात कर रहा हूँ। एक औरत रख लो, काम करने वाली।"

"कहाँ ढूँढ़ने जाऊँ?"

"तुम्हें ढूँढ़ने जाने की ज़रूरत नहीं है। मेरी दुकान पर जो लड़का काम करता है, लल्लन, उसकी माँ है। आ जाएगी। खाना बना देगी, कपड़े धो देगी। घर की सफ़ाई कर देगी और जो काम कहोगी, कर देगी।"

"बहुत पैसा लेगी।"

"कोई पैसा-वैसा नहीं लेगी। उसका लड़का मेरी दुकान पर काम करता है न। खाता है, पीता है, सब कुछ करता है। डबल खिला दूँगा। उसको भी और उसकी माँ को भी। कुछ पैसा-वैसा नहीं लेगी। थोड़ा-सा लेगी, दे देना। कमाती तो हो ना। गाड़ी भी रख रखी है।"

"हाँ, कमाती हूँ। गाड़ी भी रख रखी है। ठीक है, भेज देना।"

"किसी से कहना मत।"

"क्या न कहूँ?"

"यही कि मैंने भेजी है औरत।"

"क्यों भाई, तुम्हारी क्या लगती है वह औरत जो न कहूँ?"

"मेरी क्या लगेगी? लगती तो तुम भी मेरी कुछ नहीं। लोग कहेंगे कि ये मरदूद कैसे पहुँच गया उसके घर।"

"तो कहने दो। कोई मरदूद पहुँच गया मेरे घर, तो उनसे क्या?"

"खैर, तुम कहना मत।"

"चलो, नहीं कहूँगी। पर वह औरत आएगी तो मुझे कैसे पता लगेगा, किसने भेजा है और है कौन?"

"उसमें पता क्या लगना है! उसका नाम रत्नाबाई है। वह आएगी और कहेगी, मैं रत्नाबाई हूँ। ख़त्म किस्सा।"

"ठीक है," उसने कहा और अचानक हँस पड़ी। इससे पहले दुकानदार ने उसे हँसते नहीं देखा था।

"क्या हुआ?" उसने कहा।

"कुछ नहीं। मैं सोच रही थी कि इस क़दर मन का मीठा आदमी इतने कड़वे बोल बोलकर इतने बरस क्यों जिया भई! तुम्हारी बातें सुनकर कोई सोच सकता है भला कि तुम किसी की फ़िक्र भी कर सकते हो! इतना कड़ुवा आदमी!"

"ओहो, तुम बहुत मीठी हो!"

"ना, मैं मीठी नहीं हूँ पर मैं तुम्हारे लिए नौकर-चाकर भी नहीं जुटा रही।"

"कौन जाने, ज़रूरत पड़े तो जुटाने चली आओ।"

औरत खाँसने लगी थी इसलिए दुकानदार ने कहा, "चलो, तुम आराम करो। मैं जाकर उसे भेजता हूँ। अभी भेज देता हूँ। तुम आज ही उससे कुछ काम करा लेना। ठीक है?"

रत्नाबाई एक अजीब शै थी। आप कहेंगे, इस कहानी में हर आदमी अजीब शै है। यही तो बात है दोस्तो, कि अलग करके देखो तो हर आदमी एक अजीब शै है। हाँ, रत्नाबाई की उम्र क्या थी, ठीक से पता नहीं चलता था। चेहरा क्या था, झुर्रियों का समन्दर। इसलिए उम्र अस्सी भी हो सकती थी और सत्तर भी। मगर चुस्ती बदन में साठ साल की औरत की थी और साफ़गोई बच्चे की।

आते ही उसने कहा, "मेरा नाम रत्नाबाई है। तुम्हारा नाम क्या है? सब लोग तुम्हें 'वो औरत' कहकर पुकारते हैं, अच्छा नहीं लगता न। नाम भी तो होगा तुम्हारा!"

"हाँ। मेरा नाम दामिनी है।"

"ठीक है।"

"मतलब पता है तुम्हें दामिनी का?"

"नहीं। मुझे नाम से मतबल है, मतबल से नहीं।"

"दामिनी का मतलब है, बिजली।"

"ठीक है।"

"मैं तुम्हें बिजली दिखती हूँ?"

"नहीं, तुम तो मुझे औरत दिखती हो। काफ़ी मरियल। अरे तुमसे ज़्यादा चुस्त तो मैं हूँ।"

"अब मैं बीमार हूँ न, इसलिए, वरना रेस लगाकर देख लो। तुम्हें हरा दूँगी बिलकुल।"

"हाँऽ, बुढ़िया को कौन नहीं हरा सकता! खैर, छोड़ो। पहले मतबल की बात करें। अब मतबल की बात यह है कि मैं आऊँगी सुबह आठ बजे। बारह बजे चली जाऊँगी। चार बजे आऊँगी, छह बजे फिर चली जाऊँगी। ठीक है?"

"नहीं, ये नहीं हो पाएगा। मुझे जाना होता है दफ़्तर, नौ बजे। तुम सात बजे आओ, नौ बजे चली जाओ। फिर मैं दफ़्तर से आती हूँ, छह बजे। तुम छह बजे आओ, आठ बजे चली जाना।"

"ये तो ना हो सकेगा।"

"क्यों?"

"वो तो कहते थे, दुकानदार भइया राघवन कि जैसा वो कहेंगे, तुम कर दोगी।"

"ये वो नहीं कह रहे, तुम कह रही हो।"

"तब?"

"तब तो कुछ हो नहीं सकता। मेरा दफ़्तर जाना ज़रूरी है।"

"तुम घर में रहती नहीं तो घर का काम करने के लिए आदमी क्यों चाहिए?"

"इसीलिए चाहिए न। घर पर रहती नहीं। ऊपर से बीमार हूँ। इसलिए घर का काम कर नहीं पाती।"

"हम्म्म्म। ये तो बात तुम्हारी ठीक है। अच्छा, ऐसा करो। तुम मुझे चाबी दे देना। ऐसा करो, दो चाबी बना लो, एक मुझे दे देना। मैं आकर काम करके चली जाया करूँगी। सुबह आऊँगी तो तुम मिल ही जाओगी। शाम को आऊँगी तो दफ़्तर से लौटने पर दर्शन हो जाएँगे तुम्हारे। चोरी-चकारी का डर तो नहीं है न? ऐसा कुछ धरा तो है नहीं तुम्हारे घर में।"

"मुझे चोरी-चकारी का क्या डर होगा! जो है, नहीं के बराबर है। तुम्हें मिला तो अच्छा होगा। किसी के तो काम आएगा।"

"अरे, मुझे क्यों मिलेगा? अभी तो तुम ज़िन्दा हो।"

"जब मैं ज़िन्दा नहीं रहूँगी तब तुम्हें दे जाऊँगी।"

"हाँ, ठीक है। वो कर लेना। पर कौन जाने, मैं मरूँगी पहले या तुम!"

"हाँ, ये तो कोई नहीं कह सकता।"

"वोई तो! इस दुनिया में किसी का कुछ पता नहीं। अब मैं चल बसूँ कल को और तुम धरी रह जाओ! कहने को हो तुम बीमार!"

"ये भी बात ठीक है तुम्हारी। तो मैं तुम्हें चाबी दे जाया करूँगी।"

"हाँ। खाना-पकाना मैं कर दूँगी। तुम तो बहुत मरियल हो...खाया करो ढंग से। मैं बना दूँगी जो खाना चाहिए।"

"ठीक है। जो ठीक समझोगी, बना दिया करना। अब तनख्वाह की बात कर लें।"

"वो सब मुझे नहीं पता। वो जो हैं न, अपने राघवन भइया। वो कह रहे थे कि पैसा न माँगना उस औरत से। वो भी तुम्हारा नाम ना जानते। कमाल है। पैसे वो देंगे।"

"वो क्यों देंगे? हरगिज़ नहीं देंगे। पैसे मैं दूँगी। तुम बतलाओ। कितने पैसे लोगी?"

"अब...पैऽसे? बड़ा मुश्किल सवाल है। तुम क्या देती रही हो अब तक?"

"किसे?"

"जो तुम्हारे यहाँ काम करने आया, उसे?"

"मेरे यहाँ आज तक कोई काम करने आया ही नहीं।"

"मैंने कौन-सा किसी के यहाँ काम करा है जो पैसे बताऊँ! ऐसा करते हैं, राघवन भइया से पूछ के तय कर लेंगे। जो वो कहेंगे सो तुम दे देना। मैं ले लूँगी। खाना-पीना तो मेरा...।"

"अरे खाना-पीना तो यहीं हो जाएगा न। मेरे लिए बनाओगी, तुम भी खा लेना।"

"हाँ...अरे सुनोऽ, एक बात मेरे दिमाग में आई। खाना यहाँ बनाऊँ ही क्यों? राघवन भइया के यहाँ बनता है न। मेरा बेटा है न, लल्लन, वो खाता है। मैं ही तो बनाती हूँ। तो वहीं से ले आया करूँगी तुम्हारे लिए खाना। तो मैं सुबह आऊँगी। सफाई-वफाई कर जाऊँगी। तुम्हारा घर भी क्या बुरे हाल पड़ा है और खाना साथ ले आऊँगी। खा-पीकर तुम आराम करना। मैं भी आराम करूँगी। ये राघवन है तो बड़ा मुँह का कड़वा, पर बुरा आदमी नहीं है। पता है न तुम्हें?"

"हाँ, अब पता चलने लगा है।"

एक दिन रत्नाबाई उसके घर आई तो देखा, दामिनी ज़ोर-ज़ोर से खाँसे जा रही है। साँस लेना दूभर है। खींच-खींचकर साँस लेती है पर साँस है कि आती नहीं।

"क्या हुआ तुम्हें?" रत्नाबाई ने पूछा।

"दमा है," उसने कहा।

"दमा भी है?"

"हाँ, दमा भी है।"

"हाँऽआऽ! इस कॉलोनी में धूल-धक्कड़ भी तो कितना है! ये जो सामने मकान बन रहा है, तुम्हारे घर के सामने ही तो बन रहा है, उसमें से जो धूल उड़ती है, भगवान बचाए। मानो हर मौसम में पीली आँधी चल रही हो! अरे पीली क्या, काली आँधी चलती है। हर पल येऽ मिट्टी के बगूले।"

सहसा दामिनी साँस पर काबू पा सीधी बैठ गई। "अरे इस घर के चारों तरफ़ बाड़ा क्यों नहीं बना हुआ?"

"बाड़ा? ये सूअरों का घर नहीं है। मकान बन रहा है, एक अमीर आदमी का।"

"नहीं, नहीं। बाड़ा मतलब, कवर, घेरा। इसकी घेराबदी क्यों नहीं की गई? इसके चारों तरफ़ चद्दरें क्यों नहीं लगाई गईं, जिससे घर ढका रहे और धूल-धक्कड़ बाहर न आए?"

"एऽल्लो, मुझे क्या पता! आज तक तो किसी ने ये कहा नहीं। तुम भी, पता नहीं, कहाँ-कहाँ की पंचायती करती हो! अच्छा, अब बात मत करो। हँफनी तो चढ़ रही है तमाम। कुछ दवाई-ववाई है जो दे दूँ?"

"हाँ, ये नसवारी साँस में भरने को कहा है।"

"तो भरो। साँस में भरो। आए-वाएगी तो है नहीं। कोशिश करो, जितनी भरी जाए, भरो।"

"भरी गई।" उसने कहा फिर छींककर बोली, "इस मकान के चारों तरफ़ बाड़ा लगवाना होगा। मैं लगवाऊँगी।"

"हाँ, हाँ, लगवा लेना।"

"कैसे लोग हैं इस कॉलोनी के? कुछ करते क्यों नहीं?"

"ऐसे ही हैं यहाँ के लोग।"

"किसी ने कहा नहीं आज तक—इस मकान के चारों तरफ़ बाड़ा लगना चाहिए?"

"अब मुझे क्या पता! मुझसे परमीसन लेने तो कोई आता नहीं, बनाने से पहले।"

"अच्छा, मैं राघवन जी से पूछूँगी।"

"हऽय, भइया कहते क्या ज़बान गले है...राघवन जीऽ से पूछूँगी! बुला लाऊँ क्या?"

"नहीं, बुलाने की ज़रूरत नहीं है।"

"हाँ रे, बुला लाऊँगी। जरूरत ना हो तब भी क्या! दो बोल बोल लेना। अभी आराम करो। मैं खिड़की-वुड़की बन्द कर देती हूँ। थोड़ी तो धूल कम हो!"

राघवन से जब रत्नाबाई ने कहा कि उसे उस औरत ने बुलाया है, तो वो चकरा गया।

"क्यों बुलाया है?" उसने कहा। रत्नाबाई ने कोई जवाब नहीं दिया। बस, बड़ी कांइयाँ नजरों से उसकी तरफ़ देर तक देखा। राघवन लाल-लाल हो गया।

रत्नाबाई के मन में आया, एक बर को कह दे कि इश्क लड़ाना है, फिर नहीं कहा। संजीदगी से बोली, "बीमारी के बारे में सलाह करनी होगी।"

"ओह, ठीक है। कब जाऊँ?"

"कभी भी चले जाना।"

"शाम को जाऊँगा, तुम कब रहती हो वहाँ?"

"छह बजे।"

"ठीक है। छह बजे आऊँगा।"

कह तो दिया राघवन ने पर सोच में पड़ गया कि क्या उसके यहाँ जाना ठीक होगा? एक बार सोचा, पत्नी को साथ लिवा ले जाए। मगर वह ख़याल ऐसा बेरंग-बेस्वाद था और उसने जाने का हौसला इस तरह पस्त किया कि उसने सोचा, बीवी को बीच में न ही लाया जाए तो बेहतर है। काफ़ी सोच-विचार के बाद उसने तय किया कि जाना तो पड़ेगा। बीमारी-शीमारी की बात है। रत्नाबाई कह के गई है कि बुलाया है तो जाना पड़ेगा ही।

तो शाम के वक़्त वह दुकान जल्दी बन्द करके, दामिनी के घर की तरफ़ चला। घंटी बजाई तो ख़ुदा का लाख-लाख शुक्र किया कि दरवाज़ा रत्नाबाई ने खोला। यानी घर में उस औरत के साथ अकेले होने से वह बच गया।

"कहो, कैसी तबीयत है?" उसने एक कुर्सी के कोने में सिमटकर बैठते हुए पूछा।

"ये जो सामने मकान बन रहा है, उसके बारे में बात करनी है।"

"क्यों, ख़रीदना है क्या? प्रमोशन हो गई?"

"नहीं। ये किस तरीक़े से बनवाया जा रहा है?"

"मुझे क्या मालूम! मैं नहीं बनवा रहा।"

"इसके चारों तरफ बाड़ा क्यों नहीं लगवाया गया?"

"मैंने कहा न, मैं नहीं बनवा रहा।"

"कौन बनवा रहा है?"

"कोई हैं...बी.के सपोत्रा।"

"कोई भी हों। उनसे आप लोगों ने पूछा नहीं, इसके चारों तरफ़ बाड़ा क्यों नहीं बनवाया जा रहा?"

"अरे भई, वो ख़ुद रहेंगे इसमें; या लोगों को बेचकर उन्हें रखेंगे। सूअर नहीं रखेंगे जो बाड़ा बनवाएँ।"

"अरे, इस कॉलोनी में हर आदमी को सिर्फ़ सूअर क्यों सूझते हैं? मैं जिस बाड़े की बात कर रही हूँ, वो है इसके चारों तरफ़ घेरा बनाना। कोरोगेटेड शीट्स समझते हो कि नहीं? उन्हें लगाकर, जो इमारत बन रही होती है, उसके चारों तरफ़ कवर लगाया जाता है जिससे धूल-धक्कड़ बाहर न आए। समझे?"

इतना लम्बा बोलकर वह हाँफ़कर बुरी तरह खाँसने लगी।

"क्या हुआ?" राघवन ने घबराकर पूछा।

रत्नाबाई ने नसवारी उसे थमाई और कहा, "दमा है।"

"दमा! दमा कब हुआ?"

"कब हुआ, पता नहीं। है, पता है।"

"तुम्हें मकान से क्या मतलब है इस वक़्त?"

"उससे क्या पूछ रहे हो? देख रहे हो ना, बोल नहीं सकती। मैं बताती हूँ। ये कहती है कि एमसीडी का नियम है कि मकान के चारों तरफ़ घेरा होना चाहिए। कवर...कवर कह रही थी, जिससे लोगों को धूल-धक्कड़ न सहनी पड़े और उन्हें दमा न हो।"

"ओहो! मगर ऐसा कोई नियम हमें तो मालूम नहीं।"

तब तक दामिनी अपनी साँस पर कुछ काबू पा चुकी थी।

"मालूम नहीं है तो मालूम करो," उसने कहा, "किस तरह के लोग हो तुम?"

"हम तो ठीक ही तरह के लोग हैं. तुम ही मुझे कुछ फ़ितूरी लगती हो।"

"अरे, तुम इसके दमे की फिकर करो ना," रत्नाबाई बीच में बोली।

"ओऽ, तो इस बारे में बात करने के लिए मुझे बुलाया था? दमे के बारे में?"

"नहीं, मकान के बारे में। एमसीडी के बारे में।"

"एमसीडी के नियम समझाने के लिए मुझे बुलाया? अपनी बीमारी के बारे में सलाह करने को नहीं?"

"अपनी बीमारी के बारे में सलाह करने को तुम्हें क्यों बुलाऊँगी?"

"रत्नाबाई तो यही कह रही थी।"

कहकर वो आगे कुछ जोड़ता कि रत्नाबाई की कांइयाँ नज़र अपने चेहरे पर देख लाल होता चला गया। रत्नाबाई ने वही नज़रें अब दामिनी की तरफ़ फेर दीं और दामिनी को भी लगा कि उसका चेहरा सुर्ख़ होता जा रहा है। रत्नाबाई ने सोचा, कह दे—तुमने क्या सोचा था, इश्क लड़ाने को बुला रही है तुम्हें? मगर कहा नहीं। बोली, "बीमारी, मकान—इसी सबकी सलाह के लिए बुलाया तुम्हें।"

"मगर इनको दमा हुआ कब?" राघवन ने कहा।

"अरे, तुम इनको-इनको क्या करे चले जा रहे हो?" रत्नाबाई ने कहा, "इसका नाम दामिनी है।"

"दामिनी?" राघवन एकदम चौंककर, कुर्सी से उठकर खड़ा हो गया।

"क्या हुआ, बिजली लग गई? वैसे दामिनी का मतबल बिजली ही है।" कहकर रत्नाबाई इतना खिलखिलाकर हँसी कि झुर्रियों के समन्दर में ज्वार आ गया।

हँसी दामिनी को भी आ गई मगर हँसने में खतरा था खाँसने का। इसलिए दम साधकर बोली, "क्या हुआ?"

"नहीं, वो क्या...ये है कि वो...पिछले दिनों दिल्ली में एक बड़ी...दुर्घटना हो गई थी। दामिनी नाम की लड़की के साथ। इसी से उसका नाम सुनकर...एकदम चौंक पड़ता है हर आदमी यहाँ का। दुर्घटना तो

ख़ैर...वैसी...होती ही रहती है, बाद में भी होती रही। मगर उस औरत में पता नहीं क्या था कि...तमाम शहर के जवान लोग...इकट्ठा होके माँग करने लगे थे कि उसे न्याय मिले। उसके नाम से, सुना है, कोई क़ानून भी बना है बाद में, इसीलिए चौंक गया।''

''हाँ,'' उसने कहा, ''मैं वही हूँ।''

''क्या?''

''मैं वही दामिनी हूँ।'' उसने कहा।

''क्या कह रही हो तुम? वो तो मर गई थी।''

''नहीं, मरी नहीं। सिंगापुर में जो औरत मरी, वो कोई और थी। दामिनी बच गई। किसी को पता नहीं चला, वह लौट आई दिल्ली। जो लड़की मरी, उसका किरिया-करम कर दिया गया। जो ज़िन्दा रही, वो मैं हूँ।''

''तुम कैसी बात कर रही हो! ऐसा कैसे हो सकता है?''

''हुआ न! जिस लड़की को सिंगापुर ले जाया गया, वो दामिनी थी ही नहीं। वो पहले ही मर चुकी, अस्पताल में पड़ी, एक लड़की थी। बड़े तामझाम के साथ मेदान्ता के डॉक्टरों के साथ चार्टर्ड प्लेन में उसे सिंगापुर ले जाया गया। दामिनी को वहीं पड़ा छोड़ दिया गया। अस्पताल में। मगर जिसे राखे साइयाँ मार सके न कोई। एक नौजवान डॉक्टर उसके इलाज में लगा रहा। दो-एक डॉक्टर और आ जुटे। जो हुआ, यहीं हुआ, हिन्दुस्तान के सफ़दरजंग अस्पताल में। बड़े-बड़े लोग मरी हुई लड़की को लेकर सिंगापुर गए और बड़ी धूमधाम से उसकी अंत्येष्टि की। जो लोग गए थे, वो उसका चेहरा तो पहचानते नहीं थे। अस्पताल में जितने दिन रही, न हमारी मुख्यमंत्री वहाँ गईं, न कोई और नेता, न पुलिस का कोई बड़ा अफ़सर। हाँ, तफ़्तीश करने पुलिसवाले ज़रूर गए थे मगर वो भी उसके चेहरे की तरफ़ देखने से कतराते रहे थे। उसे पहचानता कोई नहीं था। न उसका कोई नाम जानता था। दामिनी नाम भी तो लोगों ने उसे दिया था। उसका असली नाम तो वो था नहीं। फिर धीरे-धीरे वो ठीक हो गई। मगर उसने तय किया कि अपने माँ-बाप के पास नहीं लौटेगी। वहाँ उसकी छोटी बहनें हैं। उनकी ज़िन्दगी उसकी वजह से मुहाल हो जाएगी। इसलिए उसने अपना नाम दामिनी रखा और इसी शहर में एक नौकरी लेकर बस गई। और कोई नाम होता तो लोग उसमें दामिनी को ढूँढ़ते। मगर क्योंकि

नाम दामिनी था, जो उन्हीं का दिया हुआ था, जो असली नहीं था, जो किसी का नहीं था, इसलिए उसमें उन्होंने दामिनी को नहीं ढूँढ़ा।'' इतना लम्बा बोलने के बाद, ज़ाहिर है, दामिनी एकदम बेहाल हो गई।

रत्नाबाई ने डाँटकर उसे नसवारी थमाई और उतना ही डाँटकर राघवन से कहा, ''आप तो जी जाओ। कोई भला तो हुआ न आपसे और ऊपर से उसको खाँसी चढ़वा दी।''

''अरे, तुम समझ रही हो न रत्नाबाई, ये कह क्या रही है? ये दामिनी कौन थी?''

''अरे होगी कोई भी।''

''एक औरत, जिसके संग ज़्यादती हुई।''

''तो क्या नई बात है इसमें? वो तो होती ही रहती है। अब नहीं हो रही क्या? वो एक औरत थी, जिसके साथ जो हुआ, सो हुआ। अब ये औरत यहाँ है और ज़बर खाँस रही है। लो, हो गई पूरी बात। और तुम हो कि क़ानून निकाले जा रहे हो। अरे भइया वो जो भी होती है एमसीडी नाम की चिड़िया, उसके क्या तो नियम-वियम होते हैं। जाके थोड़ा पता करो।''

राघवन सिर झुकाए घर से चला आया।

थोड़ी देर बाद रत्नाबाई राघवन की दुकान पर पहुँची तो देखा कि वह बावले की तरह चक्कर काट-काटकर कह रहा है, ''नहीं, वो दामिनी नहीं हो सकती...नहीं, वो दामिनी नहीं हो सकती।''

''क्या हुआ राघवन भइया? क्यों इतने परेशान हो?''

''देखो रत्नाबाई, वो दामिनी नहीं हो सकती।''

''क्यों?''

''जिस औरत को मार-मूरकर गेर दिया जाए, वो इतने जीवट की नहीं हो सकती। उसे डर रहता है लोगों का।''

''भइया, जिसे मार-मूरकर गेर दिया जावे, उसे किसी का डर नहीं रहता और वो बहुत जीवट की हो जाती है।''

''और ऐसी औरतें किसी मर्द के साथ हँसी-ठट्ठा नहीं करतीं।''

''उसे तो मैंने तुम्हारे सिवा किसी मर्द के साथ हँसी-ठट्ठा करते नहीं सुना।''

''नहीं सुना?'' राघवन चलते-चलते रुक गया और कुर्सी पर ढह-सा

गया, "वो मैं ठीक कह रहा हूँ न, ऐसी औरतों को मर्दों से घिन हो जाती है। नफ़रत हो जाती है। या फिर वो उनसे डरने लग जाती हैं। ऐसा ही होता है न!"

"पता नहीं भइया, ये तो जिसके साथ गुज़री हो, वो ही बता सकता है। तुम क्या सोचते हो, ऐसा होता है?"

"हाँ, मैं ऐसा ही सोचता हूँ।"

"अच्छा, तुम्हारे साथ ज़ादती हुई है?"

"नहीं।"

"तुम्हें लोगों ने मार-पीटकर, तुम्हारे साथ ज़ादती करके तुम्हें सड़क पर फेंक दिया है?"

"नहीं।"

"तुम्हारे साथ जिन्होंने ज़ादती की..."

"अरे मेरे साथ ज़्यादती नहीं हुई!"

"मान लो, हुई हो। तुम्हारे साथ जिन्होंने ज़ादती की, अगर वो मर्द होते तो क्या तुम मर्दों से घिन करते, नफ़रत करते?"

"पता नहीं।"

"जब पता नहीं तो क्यों बढ़-बढ़ के बोल रहे हो? तुम्हें कुछ नहीं पता क्योंकि तुम्हारे साथ कुछ हुआ ही नहीं।"

"और भी बात है। देखो, ये है अधेड़ और वो दामिनी थी बहुत कम उम्र की। बीसेक साल की होगी। कुछ ही तो बरस बीते हैं। ये वो दामिनी कैसे हो सकती है?"

"किसने तुमसे कहा, वो अधेड़ है? उसकी उम्र होगी तीस, बस्स। क्या पता, पच्चीस ही हो!"

"क्या कह रही हो? वो दिखती तो एकदम अधेड़ है!"

"हाँ, भइया, जिस औरत को मार-मूरके गेर जावे हैं, वो अधेड़ ही दिखने लगती है।"

"और जो इतनी बिमारियाँ हैं उसको—दिल की, दमे की, वो सब भी बड़ी उम्र की बिमारियाँ हैं न!"

"नहीं, जिसे मार-मूरकर गेर जावे हैं, उसे ऐसी बीमारियाँ लग जावे हैं। तो उस हिसाब से..."

"रहने दो रत्नाबाई! तुम क्यों मेरे पीछे पड़ी हो? तुम क्यों साबित करना चाहती हो कि वो दामिनी है?"

''मैं क्यों कुछ साबित करना चाहूँगी, राघवन भइया! जो है, है। जो नहीं है, नहीं है। दामिनी है तो ठीक, नहीं है तो ठीक। इसमें परेशान होने की क्या बात है?''

''तुमने कैसे कही कि वो पच्चीस बरस की है?''

''ऐसे ही कह दी कि होगी यही पच्चीस बरस की।''

''तब तो वो मेरी बेटी की उम्र की हुई।''

''हाँ, सो तो हुई और बेटी की उम्र की लड़की के साथ इश्क नहीं लड़ाना चाहिए।''

राघवन एकदम ताव में आ गया, ''कौन मरदूद इश्क लड़ा रहा है उससे? कौन मरदूद है जो इश्क लड़ा रहा है? तुम्हें कौन मरदूद दिखा जो इश्क लड़ा रहा है उससे?''

''अरे, तुम इतना ताव क्यों खा रहे हो? मैंने ये तो नहीं कहा कि तुम इश्क लड़ा रहे हो।''

''नहीं,'' वो एकदम ढीला पड़ गया। ''तुमने नहीं कहा?''

''अपना सोचा मुझ पर मत थोपो।''

''एक काम करो मेरा रत्नाबाई,'' वह हाथ जोड़कर खड़ा हो गया, ''मैं तुम्हारे पाँव पड़ता हूँ। तुम एक काम कर दो मेरा।''

''क्या?''

''तुम बहुत नाक घुसेड़ क़िस्म की औरत हो। हर के फटे में पाँव डालती हो। हर चीज़ सूँघ लेती हो। सब जगह बात से बात निकालती घूमती हो। किसी तरह भी पता लगाओ, सबूत लाओ कि ये दामिनी है कि नहीं है।''

''मैं कहाँ से सबूत लाऊँ?''

''अरे, जो इतना बोलता-चालता हो, जो हर वक़्त सिवाय बतियाने के कुछ न करता हो, जो हर किसी के घर में घुस जाता हो, वो सब कुछ पता कर सकता है। मुझे मालूम है, तुम हर किसी के बारे में हर जानकारी ला सकती हो। पता कर दो रत्नाबाई। अगर तुमने मुझे सबूत ला दिया कि वो दामिनी नहीं है तो मैं तुम्हें एक सोने की गिन्नी दूँगा।''

''हैं! कहाँ से लाओगे गिन्नी?''

''मेरे पास है। जब मेरी शादी हुई, मुझे मेरे ससुराल वालों ने दी थी। मैं तुम्हें दे दूँगा।''

''अरे रखो अपनी गिन्नी अपने पास,'' रत्नाबाई ने कहा, ''जब तुम्हारी बेटी की शादी होगी और बीवी कहेगी कि दामाद को गिन्नी भेंट दो तो क्या कहोगे कि वो तो मैंने रत्नाबाई को दे दी! मैं तुम्हें यूँ ही बतला देती हूँ।''

''क्या बतला देती हो? तुम्हारे पास सबूत है कि वो दामिनी नहीं है?''

''सबूत तो मेरे पास नहीं है, मगर एक अक्कल की बात है, जो तुम्हें बतला देती हूँ। देखो, वो दामिनी है ज़रूर यानी उसका नाम दामिनी है। मगर वो दामिनी है या नहीं, जिसे लेकर दिल्ली में हंगामा हुआ था, उससे कोई फरक नहीं पड़ता। ज़ादती तो यहाँ होती ही रहती है...''

''सिर्फ़ एक आदमी ने नहीं की थी। चार-पाँच लोगों ने मिलकर की थी।''

''तो क्या, ये तो हिन्दुस्तानी मर्द का सुभाव है। ज़ादती करने को भी चार यार जुटाने पड़ते हैं।''

''कैसे बोल रही हो रत्नाबाई! बाज़ारू भाषा में मत बोलो।''

''एऽल्लो! बाज़ार में बैठे हो और कहते हो, बाज़ारू भाषा में मत बोलो! किस भाषा में बोलूँ?''

''उसके साथ सामूहिक बलात्कार हुआ था। उसे बहुत मारा-पीटा गया था। वो बहुत बुरी तरह घायल हो गई थी।''

''चलो, वो एक औरत है जिसके साथ सामूहिक बलात्कार हुआ। आम बात है हमारे यहाँ। होता रहता है। कोई भी औरत हो सकती है वो। उसको बहुत मारा-पीटा गया। ये भी होता रहता है। कई लोग ज़ादती करते हैं तो ख़ूब मार-पीटकर ही। चलो, ये उनमें से एक औरत हुई। अब उसका नाम क्या है? उसकी उम्र क्या है? वो अधेड़ है कि जवान है, क्या फरक पड़ता है! उसका नाम दामिनी है। वह कौन-सी दामिनी है, इससे कोई फरक नहीं पड़ता।''

''मगर वो कहती है...''

''वो कुछ भी कहे, उससे क्या? जो वो कह रही है, राम वाक है क्या? वो जो कह रही है, कहने दो। हम जो समझ रहे हैं, वही तो समझेंगे। और सुनो, इतना परेशान मत हो,'' सहसा रत्नाबाई का स्वर बहुत ममतालु हो उठा। उसे सच में राघवन पर दया आ रही थी, और कुछ प्यार भी।

''बचवा,'' उसने कहा, ''मैंने तो यूँ ही तुमसे दिल्लगी की थी। इस दामिनी की उम्र तीस छोड़ चालीस ही होगी। अधेड़ ना भी हो मगर ये छोटी बच्ची नहीं है। तुम ये मत सोचो, ये तुम्हारी दामिनी है। ये वो दामिनी नहीं है।''

''मेरी दामिनी! क्या मतलब?''

''वही, जिससे तुम डर खाते हो। जिससे तुम घबराकर दुकान में चक्कर लगाते हो। ये वो दामिनी नहीं है। और हो तो; न हो तो, इस पचड़े को दिमाग से निकालो। वो एक औरत है जिसके साथ ज़ादती हुई, जिसे जबर घायल किया गया। ये एक आम बात है जो हमारे यहाँ होती रहती है। उसको इसी तरह लो। ऐसे क्यों ले रहे हो, जैसे कोई खास बात हो!''

''तुम नहीं जानतीं, उसके जिस्म के अन्दर के तमाम ऑर्गन, गुर्दा, जिगर, अँतड़ियाँ वगैरह सब घायल हो गए थे। उसके बचने का कोई सवाल नहीं था।''

''सवाल नहीं था तो अस्पताल में क्यों डाल रखा था?''

''अब ये तो सरकारी मामला है न! करना पड़ता है दिखाने को कि इलाज चल रहा है, कि कुछ हो सकता है।''

''तो हो गया होगा।''

''नहीं, वो बच नहीं सकती थी।''

''बच भी सकती थी। तुम कह रहे हो ना कि दिखलाने को इलाज हो रहा था, तो क्या पता, दिखलाने को हो रहा इलाज काम कर गया हो और वो बच गई हो!''

''चलो, माना, बच गई। मगर ऐसी औरत; इतनी मुसीबत की मारी औरत! इस तरह से हर किसी से लड़ती-झगड़ती घूमेगी! कभी कहती है, अंडे पर चिप्पी क्यों नहीं है? कभी कहती है, माल पर तारीख़ का लेबल क्यों नहीं है? कभी कहती है, मकान के आगे कवर क्यों नहीं है? ये कोई बात हुई!''

''छोड़ो ना वो सब तुम। वो जो है, जैसी है, है। तुम पे जो हो, वो तुम करो। क्या कर सकते हो?''

''मैं क्या करूँगा! अंडे दे सकता हूँ। ये लो दो अंडे। चिप्पी भी लगी है। चिप्पी समेत उसे दे देना।''

''अयऽ हयऽ, चिप्पी पर क्या प्रेमपत्र लिखा है?''

''इतनी छोटी चिप्पी पर प्रेमपत्र लिखा जाता है क्या?''

"अब मुझे क्या पता! मुझे तो जबं आखिरी प्रेमपत्र मिला, उसको हो गए कोई समझो तीस बरस।"

"अच्छा, किसने लिखा था प्रेमपत्र? लल्लन के बापू ने?"

"लो, लल्लन के बापू क्यों लिखते? वो तो मेरे पति थे।"

"पति प्रेमपत्र नहीं लिखता पत्नी को?"

"तुम लिखते हो?"

"हाँ। नहीं। उससे क्या मतलब है? तुम बेकार की बातें क्यों करने लगती हो, रत्नाबाई!"

"अच्छा, छोड़ो, तुम अंडे दो चिप्पी समेत। मैं प्रेमपत्र तुम्हारा पहुँचा दूँगी।"

"प्रेमपत्र नहीं, अंडे।"

"अच्छा, अंडे।"

रत्नाबाई ने दोनों अंडों का बहुत बढ़िया ऑमलेट बनाया और दोनों चिप्पियाँ आसपास रखकर, प्लेट पर दामिनी के सामने रख दिया। दामिनी ने चिप्पियों पर नज़र डाली और मुस्कराई। रत्नाबाई भी मुस्कराई। दोनों की नजरें आपस में टकराईं तो कुछ ऐसा भाव उभरा, जैसे चिप्पी न होकर प्रेमपत्र हो।

रत्नाबाई ने राघवन की दुकान पर जाकर कहा कि उनने बोला है, अगली बार मेरे हाथ न भेजना; ख़ुद लेकर आना अंडे, चिप्पी समेत।

"अच्छा, अच्छा, दे आऊँगा। ऐसा करता हूँ, एक साथ बारह अंडे ले जाता हूँ। तुम्हारे यहाँ फ्रिज है।"

"ना, फ्रिज तो ना है। तुम ऐसा करो, चिप्पी समेत एक फ्रिज भी भेज दो।"

"क्या बकवास कर रही हो! ठीक है, मैं दो अंडे लेकर आऊँगा शाम को।"

राघवन जैसे ही दामिनी के घर पहुँचा और अंडे उसे थमाए, वो फ़ौरन बोली, "मैंने मल्होत्रा से बात कर ली है।"

"कौन मल्होत्रा?"

"वही बिल्डर।"

"उसका नाम सपोत्रा है।"

"कोई भी त्रा हो। मैंने उससे पूछा, घर के चारों तरफ़ कवर क्यों नहीं लगा रखा? कहने लगा, मेरे पास म्युनिसिपैलिटी का परमीशन लैटर है कि मैं बिल्डिंग बनाने का सारा सामान सड़क पर डाल सकता हूँ। और आठ फ़ीट का हिस्सा खुला रख सकता हूँ, माल की आवाजाही के लिए।"

"तो होगी परमीशन।"

"तुमने कह दिया और मैंने मान लिया। मैंने कहा, उस परमीशन लैटर की कॉपी लाकर मुझे दिखाओ।"

"तुम हर ऐरे-ग़ैरे को घर क्यों बुलाती हो?"

"ऐरा-ग़ैरा कहाँ है? बिल्डर है सामने के मकान का। वैसे तो तुम भी ऐरे-ग़ैरे हो।"

"ओह," राघवन का मुँह उतर गया, "मुझे तो तुमने अंडे देने बुलाया है।"

"तुम मुर्गी हो क्या?" कह दामिनी जोर से हँस पड़ी।

राघवन का मुँह और उतर गया।

"बुरा मान गए," दामिनी ने कहा।

"नहीं, अपने अंडे सँभालो। ताज़ा हैं देसी मुर्गी के।"

"शुक्रिया।"

"बड़ी देर से सूझा।"

"चलो, दो बार कह देती हूँ—शुक्रिया, धन्यवाद और तीसरी बार सुनो, थैंक्यू। मगर अब सवाल यह है कि परमीशन लैटर की कॉपी तो वो लेकर आया नहीं। मैं तीन-चार बार याद दिला चुकी। पुलिस वालों से तो पहले ही मैं कई बार शिकायत कर चुकी। हर बार जब पुलिस वाला इनके पास जाता है, ये और बेपर्दगी और दरिंदगी से, खुल्लमखुला काम चालू रखते हैं।"

"ज़ाहिर है," राघवन ने कहा, "रिश्वत की रक़म जो बढ़ जाती होगी।"

"अब क्या करें?"

"कुछ न करें, मकान की तरफ़ से ध्यान हटाएँ। अपनी सेहत पर लगाएँ।"

"मेरी सेहत ठीक नहीं हो सकती, जब तक मकान का काम वाजिब

तरीक़े से न हो। पुलिस वाले कहते हैं, हाँ, एमसीडी का क़ानून तो है कि कवर होना चाहिए। मगर ये नहीं करता तो हम क्या करें? इतनी नाज़ो-नज़ाकत वाले पुलिसकर्मी मैंने ज़िन्दगी में पहली बार देखे। बेचारे कुछ कर ही नहीं सकते। इस क़दर मासूम और बेबस हैं।''

''अच्छा है न देश के लिए।''

''हाँ, मज़लूम, बेकार, बेबस, लाचार, नाकारा पुलिस हो तो देश की भलाई ही भलाई है।''

''तुम क्या चाहती हो, सब पर डंडे बरसाती फिरे?''

''नहीं, मैं चाहती हूँ, ख़ूब रिश्वत ले और घर बैठे।''

''तो मैं चलूँ?''

''नहीं, चले कहाँ, बात सुनो मेरी। मेरे दिमाग़ में एक ख़याल आया है।''

''एक और आ गया?''

''हम एक आरटीआई डालें। तुम्हें पता है न, आरटीआई नाम का क़ानून बना है?''

''पता है।''

''तो उसमें हम एमसीडी की उस शाखा से पूछें जो इस इलाके को देखती है कि ये जो 655 नम्बर का मकान बन रहा है, उसे बनाने के लिए जो परमीशन लैटर आपने दी है, उसकी एक कॉपी हमें भेजें।''

''ठीक है। करो।''

''एक आरटीआई का पोस्टल ऑर्डर तुम्हें लाकर देना है। दस रुपये में आता है। ये लो दस रुपये।''

''ठीक है। ला दूँगा।''

''और एक काम करना होगा। इस इलाके से एमसीडी की कौन-सी शाखा सम्बन्ध रखती है, पता करना होगा।''

''वो मैं कहाँ पता करूँगा?''

''वेब पर मिल जाता है।''

''वेब क्या होता है?''

''अच्छा, छोड़ो। मैं ही पता करती हूँ, दफ़्तर से। आप बस पोस्टल ऑर्डर ला दें। हम उसे भरकर भेज देंगे।''

''ये आरटीआई आख़िर है क्या? नाम तो बहुत सुना है।''

"बस, ये समझ लो, हमारी क़िस्मत का चौकीदार है। देवता है। भगवान है। जो है, यही आरटीआई है।"

राघवन ने अपने को यक़ीन दिला लिया कि ये दामिनी वो दामिनी नहीं है जिसे लेकर दिल्ली में हंगामा हुआ था। रत्नाबाई ने बहुत दुनिया देखी है, वो ठीक कहती है, ये कोई और लड़की है। दामिनी के कहने का क्या है! जो वो कहे, वो राम-वाक तो है नहीं। राघवन को लगा, उससे ठिठोली करने को, उसका बेवक़ूफ़ बनाने को वो कुछ भी कह सकती है। है जो एक अफ़लातून औरत। क्या भरोसा, कब क्या कर बैठे!

उसके बाद राघवन का दामिनी के घर आना-जाना होता रहा। उसकी झिझक रफ़्ता-रफ़्ता मिटने लगी। हँफनी के मारे दामिनी कम बोल पाती तो उसे बोलने का मौक़ा ज़्यादा मिलता और संकोच भी कम होता। कम बोलती तो तंज़ भी कम करती। राघवन चाहता, तंज़ करे। उसे उकसाने को इधर-उधर की हाँकता। पर ये थोड़े दिन चला। फिर राघवन सहज होकर वो सब बोलने लगा जो उसके मन के क़रीब था। ऐसे में उसकी शायराना तबीयत ज़ोर मारने लगी और जब कुछ अहम कहना होता, वह ख़ुद-ब-ख़ुद शेर कह उठता।

एक दिन यकायक बोला :

"तुम मेरे पास होते हो गोया
जब कोई दूसरा नहीं होता।"

"क्या?" दामिनी चौंक पड़ी।

"शेर है। यूँ ही याद आ गया।"

"फिर से कहो।"

उसने फिर से कहा।

"अच्छा है।"

"अच्छा है, बहुत अच्छा है। मोमिन का है। मिर्ज़ा ग़ालिब ने सुना तो कहा, 'मेरा पूरा दीवान ले लो, बस अपना ये शेर मुझे दे दो।' "

"शेरों की भी संसद के सदस्यों की तरह अदला-बदली हुआ करती थी?"

"अरे, शेर की तो रेड़ मत पीटो।"

"अच्छा, और सुनाओ।"

''सुनो :
गर मर्ज़ हो दवा करे कोई
मरने वाले का क्या करे कोई
सब अपनी-अपनी कहते हैं
मेरा मतलब अदा करे कोई
जिसमें लाखों बरस की हूरें हों
ऐसी जन्नत का क्या करे कोई।''

''हल्का है।''

''हल्का है! रोमानी शेर है। दाग़ का। पता है, बहादुर शाह ज़फ़र की महफ़िलों से जब लोग रुख़सत होते तो उनकी ज़ुबान पर सबसे ज़्यादा अशआर दाग़ के रहते। दिलफेंक क़िस्म के जो होते थे।''

''दिलफेंक नहीं, मुझे ऐसा शेर सुनाओ जो दिल को सँभाले।''

''अच्छा, तो सुनो ग़ालिब का शेर :
तेरे वादे पे जिए हम तो यह जान झूठ जाना
कि ख़ुशी से मर न जाते, अगर एतबार होता।''

''वाह, ये बढ़िया है। अच्छा, बतलाओ, तुम्हें एतबार है या बिलकुल नहीं है?''

''क्या एतबार... ? है न...कुछ चीज़ों पर है।''

''मसलन... ?''

राघवन को काफ़ी माथापच्ची करनी पड़ी। उसके बाद उसने कहा, ''सूरज के उगने पर।''

''वाह, ये तुमने अच्छी कही। और कहो।''

''सूरज के छिपने पर।''

''वो तो एक ही सिक्के के दो पहलू हुए। कुछ और कहो।''

''उबाल आने पर दूध के गिरने पर।''

''वाह, ये भी अच्छी कही।''

''निम्बू डालने पर दूध के फटने पर।''

''हम्म्म्म।''

''सोडा पड़ने पर, चनों के भीग कर फूलने पर।''

''अरे, तुम तो रसोई में ही अटक गए। कोई और बात कहो।''

''चाँद के उगने पर।''

"वो तो कभी कम उगता है, कभी ज़्यादा।"

"जो हो, उगता तो उसी गति से है न। उसी तरीक़े से। पहले एकादश, फिर दूज, फिर तीज, फिर चौथ, फिर आगे बढ़कर चौदश और पूनम। ये तो नहीं कि अमावस के तुरन्त बाद कभी चौदश आ गई तो कभी पंचम।"

"ये तो तुमने दूर की कही। अच्छी बात सोच लेते हो तुम।"

"और तुम? तुम्हें किस चीज़ पर एतबार है?"

"मुझे किसी चीज़ पर एतबार नहीं है।"

"ऐसा कैसे हो सकता है? किसी पर तो होगा?"

"किसी पर नहीं है।"

"अच्छा, मरने पर तो होगा? मरने पर एतबार है न?"

"अरे वाह, ये बढ़िया कही तुमने। मुझे याद है कि जब हम पहली मर्तबा मिले थे, तब भी तुमने कुछ ऐसा ही कहा था...'लाई हयात आए कज़ा ले चली चले; अपनी ख़ुशी न आए न अपनी ख़ुशी चले।' मौत पर तुम्हें पूरा एतबार था तब भी, अब भी है न?"

"अरे वो तो मैंने यूँ ही कह दिया था। और तब हम पहली मर्तबा थोड़ा मिले थे। उससे पहले न जाने कितनी बार तुम मेरी खोपड़ी खाने आ चुकी थीं।"

"मुझे तो वही याद है पहली मर्तबा की तरह। तभी मैंने सोचा था, इस आदमी को मौत पर एतबार है। ये आदमी एतबार के लायक है।"

"तो तुम्हें मुझ पर एतबार है?"

"है तो नहीं, शायद हो जाए।"

"और... और किस पर एतबार है?"

"मौत पर।"

"इन पर नहीं है—सूरज-चाँद के उगने पर...इन पर एतबार नहीं है?"

"है, मगर तभी तक न, जब तक ज़िन्दा हूँ। मरने के बाद इन पर एतबार करने का क्या फ़ायदा।"

बस, यूँ ही इधर-उधर की बातों में अनजाने दिल की क़रीबी बातें कही जाती थीं दोनों के बीच।

फिर एक दिन रत्नाबाई दामिनी के घर पहुँची तो देखा, वह लगभग बेहोश बिस्तर पर पड़ी है। साँस लेने की कोशिश कर रही है, पर जब साँस आती

है तो लगता है, छत फाड़कर निकल जाएगी और वापस लौटेगी नहीं। उसने नाम लेकर उसे आवाज़ दी। कोई नतीजा नहीं निकला। नसवारी लगाई। वह उसे अन्दर खींच नहीं पाई। वह भागी-भागी राघवन के पास गई और बोली, ''अरे वो तो बस समझो गई! जल्दी से कुछ जुगाड़ करो और सफदरजंग अस्पताल ले चलो!''

राघवन घबराकर उसके साथ हो लिया और रास्ते में सड़क पर झाड़ू लगा रही नजमा को भी आवाज़ लगा दी। तीनों ने मिलकर उसे एक टैक्सी में ठूँसा और अस्पताल ले गए। दिल्ली में सफ़दरजंग अस्पताल एक ऐसा अस्पताल है जहाँ इमरजेंसी में ग़रीब लोग भी देख लिये जाते हैं। कितनी देर में, कितनी अच्छी तरह; वह तो ख़ैर क्या बखान करें! आप ख़ुद ज्ञानी लोग हैं। तीनों उसे लेकर वहाँ पहुँचे और अफ़रा-तफ़री मचाने लगे कि ये तो गई, ये तो गई, इसको जल्दी देखो। तो काफ़ी देर बाद; अस्पताल का नियम है कि उसे तुरन्त कहा जाए; दो डॉक्टर नमूदार हुए।

उनमें से एक ने उसे देखा नहीं कि घबराकर दो क़दम पीछे हटकर बोला, ''ये तो वही है!''

''कौन?'' रत्नाबाई ने कहा।

''दामिनी!'' उसने डरकर ऐसे कहा, जैसे भूत देख लिया हो!

''हाँ, ये दामिनी है। मरने को पड़ी है। इसको लेकर चलो अन्दर। इलाज करो।''

वह खड़ा देखता ही रहा। लगा, बेहोश होकर गिर जाएगा।

तब रत्नाबाई पर झाँसी की रानी का दौरा पड़ गया। वह ज़ोर से चिल्लाई, ''अरे इसे लेकर चलते हो अन्दर कि नहीं? यहीं मारोगे?''

इतनी बूढ़ी औरत को इतनी ज़ोर से चिल्लाता सुनकर डॉक्टर बेहोशी से होश में आ गया। लगता था, उसे बचपन में देखी कोई हॉरर फिल्म याद आ गई थी। उसने तुरन्त दामिनी के स्ट्रेचर का मुँह आईसीयू की तरफ़ मोड़ा और 'ये लाओ...वो लाओ...' की आवाजें लगाने लगा। अस्पताल के नगण्य पर कामकाजी जन इकट्ठा हुए और उसे आईसीयू में ले गए। ऑक्सीजन की नली उसके मुँह पर थोप दी। फिर डॉक्टर ने बाहर आकर कहा, ''इस औरत का नाम वगैरह देकर फ़ॉर्म भरवाओ।''

नाम-पता बतला दिया गया।

फिर उसने पूछा, "इसके साथ रिश्तेदार कौन है?"

"मैं उसकी माँ हूँ," रत्नाबाई ने कहा।

"वो तो दिख ही रहा है," डॉक्टर ने कहा।

"और मैं उसकी बहन हूँ," नजमा ने कहा।

"और आप?" डॉक्टर ने राघवन से पूछा, जो इधर-उधर ताक रहा था।

"मैं...मैं पड़ोसी हूँ।"

"पड़ोसी रिश्तेदार नहीं होते। आप बाहर जाइए।"

"अरे बावले! डाक साब, वो तो झगड़ा हुआ था भाई-बहन के बीच। तब से ये अपने को पड़ोसी बताने लगा। भाई है उसका। मेरा बेटा, जी, राघवन। क्यों बेटा, इस बखत ऐसी बातें कर रहे हो?"

"तुम भाई हो इसके?"

"हाँ जी," राघवन को कहना पड़ा।

"ठीक है। नाम लिखवाओ सब अपने।"

नाम लिखवाए गए। रत्नाबाई, राघवन, नजमा।

"हैं...यह कैसा अजीब परिवार है?"

"क्यों जी, परिवार में क्या खराबी है? एक माँ है, तीन बच्चे हैं।"

"एक उसमें से मुसलमान है।"

"आपको लड़की के इलाज से मतलब है या हमारा धर्म गिनने से? धर्म में भेद करो तो आप जानो, जेल हो जावे है।" रत्नाबाई ने कहा।

"अच्छा, मुझे क़ानून समझा रही हो?"

रत्नाबाई एक बार फिर झाँसी की रानी बन गई और ज़ोर से चिल्लाई, "ये मेरी गोद ली लड़की है। मुसलमान की लड़की गोद ली थी। कर लो, क्या करोगे? सुपरीम कोरट चले जाओ। जाकर दावा ठोक दो, कि इसने मुसलमान की लड़की गोद कैसे ले ली? जब खारिज हो जाएगा केस तब कर लेना, जो करना हो। अभी तो तुम उस लड़की को देखो, जिसको अन्दर डाल आए हो मरने के लिए।"

डॉक्टर फिर घबरा गया। पता नहीं, रत्नाबाई के चिल्लाने से वह इतना सहम क्यों जाता था! अब उसकी तफ़्तीश हम नहीं करेंगे। कौन जाने, क्या-क्या हुआ हो बचपन में उसके साथ।

अब सवाल यह उठा कि इसको ये जो है दमे की बीमारी, उसके कोई काग़ज़ात-वाग़ज़ात हैं इसके पास? तो किसी के पास वो थे नहीं।

"और भी कोई बीमारी है?" डॉक्टर ने कहा।

"हाँ जी, दिल की बीमारी है, "रत्नाबाई ने कहा।

"तुम्हें कैसे मालूम?"

"जी, मालूम तो नहीं है।"

"फिर कैसे कह रही हो?"

"जी, उसने कहा था।"

"किसने कहा था?"

"उसी ने। दामिनी ने कि दिल की बीमारी है।"

"कुछ काग़ज़ात तो होंगे?"

"जी, होंगे जरूर।"

"तो लाओ।"

"हाँ जी, लाते हैं। भेजते हैं राघवन को। घर जाकर देख लेगा।"

राघवन इतनी देर में बाहर जाकर एक और काम कर रहा था। नजमा बड़ी अक्लमन्द औरत थी। उसके पास एक धाँसू मोबाइल भी था। उसने चलते-चलते दामिनी का मोबाइल भी साथ रख लिया था, कि उसमें जो नम्बर होंगे, उन पर फ़ोन मिलाएँगे तो शायद ऐसा जन मिल जाए जो आकर उनकी मदद करे। वही फ़ोन लेकर राघवन देख रहा था कि किसको मिलाया जाए। एक नम्बर मिलाया तो पुलिस का निकला। दूसरा मिलाया तो बिल्डर सपोत्रा या मल्होत्रा का निकला। तीसरा नम्बर लगाया तो लगा, दफ़्तर का है। क्योंकि बजने पर एक शीरीं पर बनावटी आवाज़ ने 'हैलो, बेक़ायदा एनजीओ' कहा।

राघवन ने पूछा, "आपके यहाँ कोई दामिनी नाम की लड़की काम करती है?"

"दामिनी! हाँ, करती है।"

"उसे दमे का ज़बरदस्त दौरा पड़ा है। मरने के क़रीब है। हम उसे सफ़दरजंग अस्पताल लाए हैं।"

"आप कौन हैं?"

"हम उसके पड़ोसी हैं। मैं उसके मोबाइल से आपको फ़ोन कर रहा

हूँ। उसने कहा था कि आप उसे लेकर डॉक्टर के पास गई थीं।''

''मैं?''

''नहीं, आप नहीं। आपके दफ़्तर से कोई। अगर कोई हो जो इस बारे में कुछ बतला सके तो मेहरबानी करके बात करा दें।''

उधर काफ़ी खुसुर-पुसुर होने के बाद, एक महिला की आवाज़ आई, ''दामिनी बीमार है?''

''हाँ जी। अस्पताल में है।''

''हाँ, कहती तो रहती थी कि बीमार है।''

''आप क्या उसे अस्पताल लेकर गई थीं?''

''मैं?''

''कोई भी आपके दफ़्तर से?''

''नहीं, यहाँ तो उसने कभी अस्पताल जाने को कहा नहीं, न उसके साथ कोई गया। हाँ, कुछ छुट्टियाँ जरूर ली थीं बीमारी का कहकर। ख़ुद ही दिखलाया होगा, जहाँ दिखलाया।''

''वो एम्स का कह रही थी, एनजीओ दफ़्तर से ले के गए थे ऐसा करके। आपको नहीं मालूम मेडिकल के काग़ज़ात के बारे में?''

''नहीं।''

मायूस राघवन लौट आया। तब रत्नाबाई ने उसे चाबी देकर कहा कि घर चला जाए और ढुँढ़ाई करे कसकर। ज़रूर कोई फ़ाइल यहाँ-वहाँ पड़ी होगी जिसमें बीमारी के बारे में जानकारी होगी। कोई तो पुर्ज़ा-काग़ज़ होगा न, अगर दिखलाया था पहले। तो वो लाए और डॉक्टर को दिखला दे।

राघवन चाबी लेकर दामिनी के घर पहुँचा। छोटा-सा तो घर था। एक बैठक, एक बेडरूम, एक छोटी-सी रसोई। उसने सब जगह, कुर्सी-मेज़-ज़मीन पर ख़ूब खोजबीन की। कोई काग़ज़ नहीं मिला। आख़िर डरते-डरते उसने अलमारी खोली। एक इकलौती अलमारी थी कमरे में, जिसमें कुछ कपड़े-वपड़े ठुँसे थे। कुछ किताबें और फ़ाइलें-वाइलें भी थीं। उसने तमाम फ़ाइलें निकालीं और पलटनी शुरू की। एक-दो फ़ाइलें पलटी थीं कि चेहरे की रंगत उड़ गई। हर फ़ाइल में वही दामिनी कांड की रपटें। अख़बार की कतरनें। पत्रिकाओं के पन्ने। तरह-तरह के फ़ोटो जिनमें

दिल्ली शहर के लड़के-लड़कियाँ प्रदर्शन कर रहे थे, विरोध कर रहे थे, जुलूस निकाल रहे थे, मोमबत्तियाँ जला रहे थे, जिन पर पुलिस पानी की बन्दूक़ों से वार कर रही थी, बाल पकड़कर घसीट रही थी। विरोध करने के अपराध में लाठीचार्ज कर रही थी। एक लड़की की तस्वीर बार-बार आती थी। राघवन देखना नहीं चाहता था फिर भी देखने से अपने को रोक नहीं पा रहा था।

जिन दिनों दामिनी कांड की रपटें अख़बार में छपती थीं, राघवन उन्हें नहीं देखता था। जानबूझकर उतने दिन अख़बार ही नहीं पढ़ा था। जैसे ही उसकी आँख में पड़ता, उसके सामने उसकी बेटी खड़ी हो जाती। जो फ़ोटो अब बार-बार अख़बार में देख रहा था, वह उसकी बेटी की थी। उसे बालों से घसीटा जा रहा था। उस पर पुलिस की औरतें लातें चला रही थीं। उसके पूरे कपड़े चोड़ा थे क्योंकि वॉटर केनन की पूरी मार उस पर पड़ी थी। वह ज़मीन पर लोट रही थी, लथपथ थी, और उस पर बरस रही थीं लाठियाँ और लातें। एक के बाद एक, एक के बाद एक। वह जानता था कि दामिनी कांड के विरोध में जो प्रदर्शन हो रहा है, उसकी बेटी उसकी एक अगुवा है। वह सिर्फ़ मोमबत्ती जलाकर नहीं आएगी। राष्ट्रपति भवन तक जाने की कोशिश करेगी। मुख्यमंत्री के घर के दरवाज़े पर चढ़ेगी और पुलिसकर्मी उसे खींच-खाँचकर बदहाल, बेहाल करेंगे। उसे पीटेंगे, मारेंगे, उस पर तोप से निकलने जैसा पानी फेंकेंगे। जो मारे तो आदमी मरते-मरते बचे। बेदम होकर रहे। इसीलिए वह अख़बार नहीं पढ़ता था। टीवी बन्द रखता था। उसने अपनी पत्नी को नहीं बतलाया था कि उसकी बेटी वहाँ प्रदर्शन कर रही है। कह दिया था कि बेटी अर्चना दिल्ली से बाहर गई है—लखनऊ काम से। उसकी बेटी छोटा-मोटा काम किया करती थी उन दिनों। कॉलेज से निकली-निकली थी। जिसे बच्चे समर जॉब कहते हैं, वही करती थी। उस कॉलोनी की लड़कियाँ मिलकर बाहर लखनऊ या बनारस वगैरह चली जाती थीं। उसकी पत्नी ने पता नहीं विश्वास किया या नहीं मगर कोई सवाल नहीं पूछा था। जब आदमी कुछ जानने से डरे, तो न जानना ही बेहतर समझता है। राघवन के टीवी न चलाने पर भी उसने कुछ नहीं कहा था। राघवन ने कह दिया था टीवी ख़राब है। कोई पुर्ज़ा ठीक कराना है। कह तो रखा है देखो पता नहीं, कब आएँ ठीक करने। अख़बार वाले से कह दिया था, उनके घर अख़बार न

डाले। अगले 15 दिन वे दिल्ली में नहीं रहेंगे। इस तरह घेराबंदी करके उसे कुछ भी जानने से अलग रखा था। मगर अब ये बन्दूक से निकली गोलियों की तरह काग़ज़ उसके ऊपर गिर रहे थे और वह चाहकर भी उन्हें बिना देखे नहीं रह पा रहा था। देखते-देखते उसका सिर चकराने लगा। उसकी साँस घुटने लगी और वह औंधा होकर उनके बीच फ़र्श पर गिर रहा।

पता नहीं, कितनी देर राघवन औंधा पड़ा रहा। फिर जब देर तक मोबाइल की घंटी बजती चली गई तो उसे धीरे-धीरे होश आया। उसने जेब टटोलकर मोबाइल निकाला। दामिनी का मोबाइल उसकी जेब में ही पड़ा रह गया था। नजमा का फ़ोन था। बड़ी उत्तेजित सुनाई दे रही थी।

"अरे, कहाँ रह गए भइया, जल्दी लौटो अस्पताल।"

"क्या हुआ?"

"अच्छा ही हुआ है, बुरा नहीं। दामिनी के दफ़्तर से एक बड़ी मेम साहिबा आई हैं। डॉक्टर से बतिया रही हैं। हो सकता है, कुछ मदद हो जाए, इलाज में। तुम भी तो आकर देखो मेम साहिबा को।"

"आता हूँ," कहकर राघवन ने कपड़े समेटे, ख़ुद को समेटा। खड़ा हुआ। हाथ में भिंचे काग़ज़ बिना देखे वापस अलमारी में रखे और घर का ताला बन्द करके अस्पताल चल पड़ा।

इतनी सजी-सँवरी, नोक पलक से दुरुस्त, पर इतनी संजीदा और सौम्य-शिष्ट कोई जवान औरत हो सकती है,राघवन मेम साहिबा को देखकर सोचे जा रहा था। नहीं, वह असली मेम साहिबा नहीं थीं। थीं तो हिन्दुस्तानी औरत ही, मगर मेम साहिबा के अलावा उन्हें और कुछ कहा नहीं जा सकता था। तीखे नाक-नक्श और बड़े क़ायदे से पहनी बढ़िया सिल्क की साड़ी, करीने के जेवर, कटे सलीकेदार बाल, होंठों पर सधी मुस्कान, हाथों की हर हरकत जैसे कोई फ़िल्म चल रही हो!

"मेरा नाम मीरा राव है, "उन्होंने कहा।

"अच्छा, दामिनी आपके यहाँ काम करती है?" राघवन ने पूछा।

"मेरे यहाँ नहीं, मेरे साथ काम करती है।"

"अच्छा जी! तो आप उसके इलाज में मदद करेंगी?" रत्नाबाई फ़ौरन मुद्दे पर आई।

"ये लोग कहते हैं, ये उसका परिवार हैं," डॉक्टर ने कहा, "ये बहन

नजमा, ये भाई राघवन, ये माँ रत्नाबाई। मुझे तो यह बड़ा संदिग्ध लगता है।''

''वसुधैव कुटुम्बकम,'' मीरा राव ने हाथ ऊपर उठाकर, भगवान को नमन करते हुए कहा, ''जानते हैं न वसुधैव कुटुम्बकम? सारा जगत एक परिवार है।''

''ठीक कहती हैं आप,'' डॉक्टर जैसे उसके पैरों पर गिर गया।

''ये जो भी हैं, उसका परिवार हैं। मैं भी तो...'' मीरा राव ने कहा।

''जी, जी, आप तो हैं ही। रहनुमा, पालनहार, सब कुछ।''

''नहीं, नहीं। सब कुछ नहीं हूँ, पर हूँ। आप देखिए, डायग्नोज़ कीजिए। बीमारी क्या है, इलाज क्या करना चाहिए। होगा क्या भविष्य में इस लड़की के साथ।''

''देखिए, फ़िलहाल तो दमे का इलाज कर रहे हैं, जो दिखलाई पड़ रहा है, अभी टेस्ट वगैरह तो नहीं हुए, उससे लगता है कि एक ज़माने में इसे बहुत अन्दरूनी चोटें आई थीं जिससे शायद एक गुर्दा ख़राब हो गया है। शायद निकालना पड़े। वो तो फिर...सर्जरी होगी। और हम तो...सरकारी अस्पताल है, आप जानती हैं, जितना कर सकेंगे, करेंगे, पर रेफ़र करना पड़ गया तो...''

''आप फ़िक्र मत कीजिए। इसके नाम से हम चंदा कर लेंगे। लोग डोनेशन देंगे। दान। ख़ुशी से देंगे। मैं कल ही अख़बार में इसके बारे में अपील निकाल देती हूँ।''

''उसकी ज़रूरत नहीं है,'' राघवन बोला, ''मेरे पास एक गिन्नी है।''

''अच्छा, बड़ी अच्छी बात है,'' मीरा राव ने बड़ी मुश्किल से हँसी रोककर कहा, ''सबसे पहला डोनेशन आपकी गिन्नी का ही लेंगे। उसके बाद औरों से माँगेंगे।''

''किसी को पता नहीं चलना चाहिए, मैंने गिन्नी दी है।''

''नहीं चलेगा, गुप्तदान सबसे उत्तम दान होता है,'' उन्होंने कहा, उसी स्निग्ध, मधुर, सौम्य मुद्रा में।

''ठीक है, एक काम और था आपसे।''

''कहिए,'' उनकी मुद्रा ज़रा सख़्त हुई।

''दामिनी के घर के सामने एक मकान बन रहा है। उसके चारों तरफ़ कोई आड़ नहीं दी गई। कोई घेरा नहीं बनाया गया। उसमें से धूल-धक्कड़

उसके घर में आता है। वो उसके बारे में एक आरटीआई देना चाहती थी। बिल्डर ने कहा है, उसके पास परमीशन लैटर है। वो आरटीआई देकर एमसीडी के विभाग से उसकी कॉपी निकलवाना चाहती थी। उसने पोस्टल ऑर्डर ख़रीद भी लिया था। ये लीजिए, ये है। मेरी जेब में पड़ा था। मगर एमसीडी की कौन-सी शाखा हमारे मोहल्ले को देखती है, हमें नहीं पता। उसने कहा था, वो मकड़ी के जाले पर देखो। मगर मुझे मकड़ी का जाला देखना नहीं आता। फिर उसने कहा था, रहने दो। मैं अपने दफ़्तर में देख लूँगी। वो लोग तो रोज़ ही मकड़ी के जाले पर लगे रहते हैं।''

''मकड़ी का जाला?''

''ही मीन्स वेब,'' डॉक्टर ने कहा।

''ओहो!''

''अगर आप एक आरटीआई डाल दें, उसके नाम से, या मुझे बतला दें कि कौन-सी शाखा को डालनी होगी तो हमें उस परमीशन लैटर की कॉपी मिल जाएगी।''

''उससे क्या कर लेंगे आप?''

''दामिनी का कहना था कि क़ानूनन इस मकान के चारों तरफ़ आड़ होनी चाहिए।''

''आप इस वक़्त इसकी फ़िक्र कर रहे हैं। वो इतनी बीमार पड़ी है।''

''ये उसकी इच्छा थी। अब मान लीजिए, उसकी अन्तिम इच्छा थी कि इस मकान में जो ग़ैरक़ानूनी काम हुआ है, वह क़ानूनी हो जाए। कम-से-कम हमें पता तो चल जाए कि क़ानून क्या है।''

''आप वकील हैं?''

''नहीं जी, वकील होता तो ख़ुद ही आरटीआई डाल लेता। मुझे आता ही नहीं कुछ भी।''

''अच्छा, ठीक है। नम्बर क्या है मकान का?''

''जी, एफ़ 655।''

''ठीक है। मैं देख लूँगी। बिल्डर कौन है?''

''जी, कोई बी.के. सपोत्रा है या शायद बी.के. मल्होत्रा हों।''

''नहीं, सपोत्रा ही हैं, ''रत्नाबाई ने बीच में कहा।

''बी.के सपोत्रा?''

''जी।''

मीरा राव का चेहरा बिलकुल सख़्त पड़ गया।

''पता नहीं, देखते हैं, क्या होता है।''

''क्यों, सपोत्रा तुम्हारा रिश्तेदार निकल आया?'' रत्नाबाई ने कहा। उसे किसी का लाज-लिहाज़ तो था नहीं।

''मेरा रिश्तेदार कैसे होगा? मैं केरल की हूँ और सपोत्रा, क्या पता, कहाँ का है। होगा यहीं कहीं उत्तर भारत का। बिहार-विहार, यूपी-शूपी का।''

''तो क्या? हो तो तब भी रिश्तेदार सकता है न। अभी कहा था न तुमने क्या वो वसु का कुटुम। जब सारा जगत परिवार है, तो वो भी तुम्हारा परिवार हुआ।''

''चुप!'' राघवन ने रत्नाबाई को डाँटा, ''कुछ भी बोलती चली जाती हो। माफ़ कीजिए मेम साहिबा, यह माँ है न, पगला गई है। कुछ भी बोल देती है।''

''नहीं, बोलने दीजिए। मुझे कोई एतराज़ नहीं है। सब मेरे परिवार हैं। आप भी,'' मीरा राव ने बड़ी दिलदारी से कहा।

''ठीक है, तब तुम एक आरटीआई डलवा ही दो, हम पर बड़ी किरपा होगी तुम्हारी,'' रत्नाबाई ने कहा।

''आभार होगा,'' राघवन ने कहा। मीरा राव को देखकर उसकी जुबान सँभल गई थी और वह अच्छी-ख़ासी हिन्दी बोलने लगा था।

''ठीक है, मैं कोशिश करती हूँ। पर पहले ज़्यादा महत्त्व की बात, दामिनी के इलाज की । मैं कल ही अख़बार में अपील जारी कर देती हूँ कि दामिनी नाम की लड़की की किडनी के ऑपरेशन के लिए पैसा चाहिए और लोग उसमें डोनेशन दें। हमारे एनजीओ का नाम होगा तो उन्हें विश्वास रहेगा कि उनका पैसा कहीं ग़लत जगह नहीं जाएगा।''

अपील जारी की गई। वाकई, जितनी अपेक्षा थी, उससे ज़्यादा डोनेशन आने लगे। पता नहीं, दामिनी नाम का कमाल था या लोग अचानक दरियादिल हो उठे थे! हमें तो लगता है कि 'बेक़ायदा एनजीओ' के नाम का असर था। अच्छी-ख़ासी शोहरत थी उनकी। उम्मीद बँधने लगी कि जैसे ही दमे पर काबू पा लिया जाएगा, बाक़ी के टैस्ट वगैरह पूरे हो जाएँगे,

एक गुर्दा निकाल दिया जाएगा। कोशिश यही थी कि सारा काम सफ़दरजंग अस्पताल में हो सके मगर उसके साथ ही अपील में यह भी लिख दिया गया था कि अगर ज़रूरत हुई तो केस किसी दूसरे अस्पताल को रेफ़र करवाया जाएगा। उस हालत में पैसा ज़्यादा लगेगा। डोनेशन बदस्तूर आ रहे थे। राघवन की गिन्नी से खाता खुला था। राघवन नहीं चाहता था कि उस बारे में पब्लिक को पता चले। पब्लिक मतलब, उसकी बीवी। इसलिए उसने मीरा राव से फिर गुज़ारिश की कि उसका नाम कहीं न छपे। तो उसका नाम नहीं दिया गया और गिन्नी खाते में चढ़ गई। पर ऑपरेशन की नौबत नहीं आई। वह हो पाता, उससे पहले ही दामिनी चल बसी।

दामिनी मर गई। कोई हंगामा नहीं हुआ। हंगामे की क्या कहें, उसके मरने की ख़बर तक कहीं नहीं छपी। आख़िर उसके साथ सामूहिक बलात्कार तो हुआ नहीं था, न कोई और रोमांचक कांड कि वह ख़बर बनती। लोगों को पता भी नहीं चला कि वह दामिनी, जिसके इलाज के लिए वे चंदा दे रहे हैं, अब ज़िन्दा नहीं है। पता चला तो उसके तीन सम्बन्धियों को या फिर डॉक्टर और मीरा राव को। सभी लोग उसे धीरे-धीरे भूलने लगे मगर न रत्नाबाई उसे भूल पाई न नजमा और न राघवन। अपने दुख को सहने और फिर उससे उबरने के बीच, राघवन को बार-बार यह ख़याल भी आता रहा कि कितनी अजीब बात थी कि वह औरत, जिसने इतनी विपत्ति-विपदा झेली, इतनी मार सही, इतनी अन्दरूनी चोटें झेलीं और ज़िन्दा रही, वह एक बित्ते-भर के मकान के बनने में ढह गई! ऐसे, जैसे कोई पुराना घर बारूद से उड़ा दिया जाए। रफ़्ता-रफ़्ता, जैसे और वक़्त गुज़रा, उसे यह भी ख़याल आने लगा कि वह ढही सो ढही, साथ उसकी गिन्नी भी ले गई। पर वह ख़याल आता और बिला जाता। ख़ैर! गिन्नी गई सो गई। एक गिन्नी की कीमत क्या थी, एक औरत की जान के सामने, वह भी दामिनी जैसी औरत। उसने तय कर लिया कि जब मौका आएगा और उसकी बीवी नीलम उससे गिन्नी माँगेगी, दामाद को भेंटने के लिए, तो वह कह देगा कि वह तो जाने कहाँ गुम हो गई!

फिर भी उसने अपने मन की बात एक दिन रत्नाबाई के सामने ज़रूर रखी। रत्नाबाई ने फ़ौरन कहा कि वह जाए और तुरन्त मीरा राव से अपनी गिन्नी

वापस माँगे। जब दामिनी ही नहीं रही, उसका कोई इलाज हो नहीं रहा तो उनका गिन्नी को पकड़े रहने का क्या हक़ बनता है! रत्नाबाई यह नहीं जानती थी कि गिन्नी तो गिन्नी, उस एनजीओ के नाम, ओहदेदारों की मार्फ़त, और भी बहुत चंदा जमा हो रहा था, दामिनी के इलाज के लिए,अब तक। थोड़े दिनों की टाला-मटोली के बाद, जैसा कि उसका स्वभाव था, राघवन मीरा राव के पास पहुँचा और अपनी गिन्नी वापस करने के लिए दरख्वास्त की। उन्होंने मना नहीं किया। बड़ी शालीनता से कहा, "हाँ, दफ़्तरी कार्रवाई पूरी हो जाए तो तुम्हें तुम्हारी गिन्नी मिल जाएगी।" यह दफ़्तरी कार्रवाई क्या थी, राघवन ने नहीं पूछा। आठ दस दिन बाद वह फिर गया; फिर वही जवाब मिला। फिर आठ-दस दिन बाद गया; फिर वही जवाब मिला। अब इसको बार-बार क्या दोहराना। आप तो जानते ही हैं अपने दफ़्तरों को, सरकारी हों या ग़ैर-सरकारी; उनका यही दस्तूर है। कोई भी काम हो, कह देते हैं, हो जाएगा। यह नहीं कहते कि नहीं होगा कि आप निराश होकर घर बैठें। यह भी नहीं बतलाते कि कब होगा, जिससे आप एक मुकर्रर दिन, वहाँ पहुँचकर काम होने की पक्की तस्दीक कर सकें। बस, कहते रहते हैं, हो जाएगा। सब आते-जाते रहते हैं। जैसे आप और काम करते हैं ज़िन्दगी में, वैसे ही वह भी आपके रोजनामचे में शामिल हो जाता है। दफ़्तर जाना-आना, दफ़्तर जाना-आना। कहा था न राघवन ने एक बार, सूरज उगता है और छिपता है। वैसे ही यह भी काबिले एतबार हो जाता है कि आप दफ़्तर जाते हैं, काम नहीं होता, आप लौट आते हैं। आप फिर जाते हैं, काम नहीं होता, आप लौट आते हैं। यों धीरे-धीरे यही राघवन की दिनचर्या बन गई। जैसे वह रोज़ सुबह आकर दुकान खोलता था और शाम को बन्द करता था, उसी तरह हफ़्ते में एक दिन मीरा राव के दफ़्तर जाता था और बिना गिन्नी लिये या उसके बारे में कोई ठोस आश्वासन लिये, लौट आता था। कुछ आश्वासन होता ज़रूर था, वही लचीला सा कि काम हो जाएगा।

पर जैसे-जैसे दिन गुज़रते गए, रत्नाबाई का गुस्सा बढ़ता चला गया। वह उसे अपनी दिनचर्या का हिस्सा नहीं बना सकी। जब पाँच महीने बीत गए तो एक दिन वह ख़ुद मीरा राव के दफ़्तर पहुँची। बाहर फाटक पर एक बिना मूँछ-दाढ़ी का एकदम नौजवान चपरासी खड़ा था। उसने एक बदशक्ल,

बदलिबास, बदसलीका और बदउम्र औरत को भीतर घुसते देखा तो झिड़ककर कहा, "कौन हो तुम? अन्दर नहीं जा सकती।"

"जाना है," रत्नाबाई ने कहा।

"क्या करने जाना है?"

"तेरे बाप के संग सोने जाना है," रत्नाबाई ने कहा। चौंककर चपरासी एक क़दम पीछे हट गया। इतने में ही रत्नबाई अन्दर घुस गई। चपरासी ने पीछे से पकड़ने की कोशिश की तो ज़ोर से चिल्लाई, "छूना मत। आगे बढ़ा तो देखना।" रत्नाबाई का चिल्लाना सुनकर चपरासी का खून जम गया। उसके लिए फ़ौरन आगे बढ़ना नामुमकिन था। शायद उसे भी, सफ़दरजंग अस्पताल के नौजवान डॉक्टर की तरह, बचपन में भुगता हॉरर याद आ गया था। गाँव के चौपाल में सुनी बच्चा-खाऊ चुड़ैल की कहानी, जो बार-बार बुरे सपनों में दिखती रही थी।

रत्नाबाई धड़धड़ाती हुई अन्दर चली गई। जो कमरा सामने दिखा, उसका दरवाज़ा ठेलकर भीतर घुस गई। क्या कमरा था...जैसे कोई महल हो! ठंडा। आह! एक मेज़ के चारों तरफ़ चार-पाँच जन बैठे थे। सब सजे-धजे उम्दा पोशाकों में; सजीले चमकीले चेहरे-मोहरे वाले तो थे ही। उन्हीं में से एक मीरा राव भी थी।

"ऐऽ, मीरा राव!" रत्नाबाई ने चिल्लाकर उसे सम्बोधित किया।

"कौन हो तुम?" मीरा राव ने कहा।

"एऽलेऽ, अब मुझे पहचानती भी नहीं? उस दिन तो मुझे बड़ा अपना वसु का कुटुम बता रही थी!"

"कौन है यह गलीज़ औरत?"

"गलीज़ होगा तेरा बाप। मैं रत्नबाई हूँ। राघवन की गिन्नी लेने आई हूँ।"

"कैसी गिन्नी?" एक सज्जन ने पूछा।

"वो जो इनने चन्दा उगाहा था दामिनी के इलाज के लिए, उसी में राघवन की सोने की गिन्नी है कि ना, जो पहले-पहल इनने वसूली थी। तो दामिनी तो मर गई बेइलाज। वो पैसा तो इन्हीं के पास धरा है ना। तो अब जब इलाज हो नहीं रहा, लड़की मर चुकी तो गिन्नी तो वापस दें।"

‘‘दे देंगे।’’

‘‘कब दे देंगे? महीनों हो गए। रोज़ राघवन आता है, जाता है। आप रोज़ कह देते हैं, गिन्नी दे देंगे। देते हैं नहीं।’’

‘‘खैर, हम राघवन से बात करेंगे। उसकी गिन्नी अगर है तो उसे वापस मिल जाएगी। तुम कौन होती हो बीच में बोलने वाली?’’

‘‘अयऽ-हयऽ, मैं उसकी माँ हूँ कि नहीं?’’

‘‘ये थोड़ा है कि कोई भी दफ़्तर में घुस आएगा और कुछ भी कहने लगेगा!’’

‘‘कोई नहीं हूँ मैं। रत्नबाई है मेरा नाम। माँ हूँ उसकी। कुछ भी कहने नहीं आई। जो मेरे बेटे की गिन्नी है वो वापस माँगने आई हूँ। आपने दामिनी के नाम से चंदा तो उगाहा पर उसका इलाज कराया नहीं। कराने से पहले तो वो मर गई।’’

इतने में उन भद्र जनों में से एक थोड़ा कमउम्र भद्र जन बोला, ‘‘पर चंदा तो अभी भी आ रहा है उसके नाम से। मुझे तो मालूम ही नहीं था कि वो मर गई।’’

‘‘लोऽ, और सुनो! अपनी शादी करोगी क्या दुबारा तुम मीरा राव? किसके लिए पैसा वसूल रही हो?’’

‘‘बदतमीज़ औरत,’’ मीरा राव ने सख़्ती से फटकारा, ‘‘चपरासी, इसको पकड़कर बाहर निकालो।’’

रत्नाबाई अपना पूरा दम लगाकर चीख़ी, ‘‘छूकर तो देख। तेरी सात पुश्तों की आँखें बाहर निकालकर रख दूँगी। धरना देकर बैठी हूँ, यहीं मरूँगी। अगर मुझे किसी ने छुआ तो उसकी आगे की सात पुश्ते अंधी पैदा होंगी। मैं श्राप देती हूँ।’’

उसकी कुत्सित काया ने, इस कर्कश चिल्लाहट से मिलकर ऐसा समा बाँधा जैसे नरक में पिशाचिनी चीख़ रही हो और चारों तरफ़ आग के कुंड जल रहे हों! उनसे उठते धुएँ में वे तमाम भद्र जन अंधे होकर डोल रहे हों! सक़्ता छा गया।

फिर भी एक सूटधारी ने हिम्मत करके कहा, ‘‘चपरासी, इस औरत को बाहर निकालो।’’

तभी कई भद्रजनों के फ़ोन एक साथ बजे। कमरे में जो कुछ हो रहा था, उसे छोड़ उन्होंने फ़ोन सुना। फ़ोन की पहली प्राथमिकता होती है। सभी लोगों के मुँह से एक साथ निकला, "क्या!"

फिर एक साथ, "कब?"

फिर निकला, "ओहो, बड़ा बुरा हुआ!" बाक़ी के भद्रजनों के मुँह से अब समवेत स्वर में निकला, "क्या हुआ?"

फ़ोन वाले भद्रजनों ने कोरस गाया, "बी.के सपोत्रा का कार्डियक अरेस्ट हो गया। आधा घंटा पहले।"

"कार्डियक अरेस्ट हो गया?"

"हाँ।"

"फिर?"

"फिर क्या? वो नहीं रहे।"

'ओहो-ओहो' की समवेत प्रतिक्रिया कमरे में लहराई। बस, मीरा राव ने उसमें भाग नहीं लिया। वह बुत की मानिन्द जड़-अवसन्न बैठी रही। दिखावे को इतनी हरकत भी नहीं की कि हाथों से सिर ही थाम लेती।

सहसा उस मद्धिम स्वर में बजते कोरस गान में सप्तम स्वर में विस्फोट हुआ। चिल्लाकर कहा गया, "मर गया सपोत्रा!" ये रत्नाबाई थीं।

"मर गया तेरे वसु का कुटुम! मर गया ज़ालिम सपोत्रा! दे ताली, बजा थाली! चला गया ज़ालिम दुनिया से! दामिनी को डकार गया! राघवन की गिन्नी पचा गया, आखिर मर गया सपोत्रा! आओ, आओ, खड़ताल बजाओ। आओ, आओ, मृदंग बजाओ! आओ, आओ, नाचो गाओ! मर गया सपोत्रा! मर गया खउआ सपोत्रा!" रत्नाबाई कमरे के बीच दोनों हाथ उठा, गर्दन मटका, पैर पटक, ताल दे नाचने लगी। सब लोग सहमे-ठगे खड़े रह गए। ऐसा तांडव उन्होंने कभी देखा न था। श्मशान-घाट में तांडव करते शिव भी कुछ नहीं थे इसके सामने। लटकी-झूलती त्वचा, पोपला मुँह, झूमते हाथ-पैर, झुर्रियों के सैलाब में उतराता-डूबता चेहरा, उड़ते-फरफराते रूखे बाल। हड़ियल उँगलियों से मुद्राएँ करती, कड़ियल पैरों से थाप देती नाच रही थी महापिशाचिनी, उस सजे-सँवरे, महँगे कमरे के बीचोबीच। किसी के मुँह से बोल नहीं फूटा। शायद रत्नाबाई ख़ुद भी नहीं जानती थी कि वह किसे कोस रही थी—सपोत्रा को या दामिनी के बलात्कारियों को? वह बस

कोसे जा रही थी और हा...हा...हा...अट्टहास करती जाती थी। "मर गया, मर गया! दे ताली, बजा थाली! बजा मृदंगम्! बजा ढोल! बजा डमरू! दे ताली, बजा थाली!"

लोग इतना घबरा गए थे कि उनके मुँह से चपरासी-चपरासी भी नहीं निकला। जो वे हरदम इस तरह रटा करते थे, जैसे चपरासी न होकर साक्षात् भगवान हो! कुछ देर नाच यों ही चलता रहा। बस, अगर कोई हरकत में था तो चपरासी रामलखन, जो आप समझ सकते हैं, कुछ देर स्तम्भित रहने के बाद, रत्नाबाई के पीछे कमरे में प्रवेश कर गया था। इतना बढ़िया फ़िल्मी सीन ज़ाया थोड़ा करता। और यों भी उसे मालूम था कि कुछ ही देर में ये लोग चपरासी-चपरासी पुकारने वाले हैं। तो जितनी देर वह दृश्य चला, चपरासी रामलखन फटाफट-खटाखट अपने मोबाइल पर उसका वीडियो बनाता रहा। काफ़ी वक़्त गुज़र गया। लोग यों ही ठगे खड़े रहे। इससे पहले कि कोई हिलता-डुलता, रत्नाबाई ने ही मंच से प्रस्थान कर दिया। नाचते-नाचते वह एक बार उछली और धड़ाम से मुँह के बल मेज़ पर गिरकर ढेर हो गई। वहीं उसने प्राण त्याग दिये।

हम जानते हैं कि जो हम दिखला रहे हैं, वह शोभनीय नहीं है। बहुतों के सौन्दर्यबोध को आहत कर सकता है। मगर हम क्या करें, जो कर रही है, रत्नाबाई कर रही है, हम नहीं। हो सकता है, वह महाकाली का अवतार हो धरती पर! और आप जानते हैं कि महाकाली तो आपके शोभनीय की छाती पर ही अपना घमासान किया करती हैं। उनके हुंकार में सौन्दर्यबोध नहीं होता। उनके हुंकार में होता है तांडव! उनके हुंकार में होता है प्रलय!

जब काफ़ी देर तक उसके बदन में हरकत नहीं हुई तब जाकर एक भद्रजन ने ज़ोर से आवाज़ लगाई, 'चपरासी!' तुरन्त उसके बाक़ी साथी भी ज़ोर-ज़ोर से 'चपरासी-चपरासी' पुकारने लगे। एक ने घंटी बजानी शुरू कर दी।

रत्नाबाई के शव को छूने की किसी की हिम्मत नहीं हुई। पर वहाँ कोई चपरासी नहीं था। जैसे ही पटाक्षेप हुआ, चपरासी रामलखन भागता हुआ, 'बेक़ायदा एनजीओ' के दफ़्तर से निकल, सीधा 'टीवी लाइव' के कार्यालय की तरफ़ दौड़ा। ज़िन्दगी में उसकी एक ही चाहत रही थी कि वह नागरिक

पत्रकार बने और वे जो प्रोग्राम किया करते हैं न, क्या तो भला-सा नाम है उनका, मनीन्द्र जी या प्रवीण जी या दानिश जी, प्राइम टाइम करके, उसमें बैठे, उनसे बतियाए। उसकी मनीन्द्र जी या प्रवीण जी या दानिश जी में,जो भी वे थे, दिलचस्पी इसलिए थी कि वे बढ़िया हिन्दी बोलते थे, जबकि जो लोग उनके प्रोग्राम में आते थे, वे ज़्यादातर टूटी-फूटी हिन्दी बोलते थे। तब मनीन्द्र जी या प्रवीण जी या दानिश जी उन्हें जमकर अच्छी हिन्दी में फटकारते। रामलखन की हिन्दी ख़ुद बहुत अच्छी थी। इसलिए उसे इस कार्यक्रम में बहुत मज़ा आता था। वह नहीं जानता था कि वह कुछ भी कर ले, मनीन्द्र जी या प्रवीण जी या दानिश जी के कार्यक्रम में उसका आना नामुमकिन था क्योंकि चपरासी इतना ओहदेदार या ग्लैमरस नहीं माना जाता कि उसमें बुलाया जाए। फिर उसकी हिन्दी क्योंकि उनकी टक्कर की थी, ज़ाहिर है, उसे बुलाना उन्हें गवारा न होना। उनके अहंकार को ठेस जो पहुँचती। पर वह सब रामलखन नहीं जानता था। उसकी तो एक ही महत्त्वाकांक्षा थी कि हिन्दी के कार्यक्रम में हिन्दी के धुरन्धर संचालक के सामने बैठकर वह उनसे हिन्दी में बतियाए।

चलिए, हम उनका नाम हिन्दीश जी रख लेते हैं। अब बार-बार तीन-चार नाम लेकर या यह या वह कहना अच्छा नहीं लगता न!

रामलखन ने जब अपना फ़ुटेज 'टीवी लाइव' के स्टूडियो में उस समय विराजमान, बड़े प्रोड्यूसर के मातहत छोटे प्रोड्यूसरों को दिखलाया, तो वे काफ़ी प्रफुल्लित हुए। उन्हें लगा, उसमें टीआरपी वसूलने का भरपूर मसाला था। काफ़ी हँसी-ठट्ठा भी हुआ महाकाली के नृत्य पर।

फिर एक सहयोगी ने कहा, "एक दिक्कत है, इसके जो सबसे धाँसू दो किरदार थे, वे तो आउट हो चुके हैं। एक वह लड़की, क्या नाम था उसका, दामिनी, जिसके नाम पर चंदा जमा किया गया, जिसमें वह गिन्नी आई। और एक वह बुढ़िया, जो महाकाली का महातांडव कर दफ़्तर में ही महाप्रयाण कर गई, ये दोनों तो अब हैं नहीं। इन्हें बुलाया नहीं जा सकता। सनसनी पैदा करने के लिए सिर्फ़ मज़मून काफ़ी नहीं होता। सनसनाते हुए किरदार भी चाहिए; वे कहाँ से लाएँगे?"

दूसरे सहयोगी ने कहा, ''यह मत भूलो कि राघवन अभी ज़िन्दा है, जिसकी गिन्नी को लेकर यह सारा तमाशा हुआ।''

''एक बात और,'' तीसरे सहयोगी ने कहा, ''यह जो मामूली-सा दुकानदार है राघवन, उसने एक अजनबी औरत के लिए सोने की गिन्नी क्यों दी? यह भी एक मसला है। उसके साथ उसकी आशनाई रही हो शायद! हम कह रहे हैं 'शायद'। किसी पर तोहमत नहीं लगा रहे। मगर यह मसला तो है न, जिस पर बात की जा सकती है। फिर राघवन की बीवी भी होगी। उससे पूछा जा सकता है कि वह इस मामले के बारे में क्या सोचती है।''

''मगर,'' रामलखन ने बाधा दी, ''राघवन तो दामिनी का भाई है।''

''भाई है?''

''हाँ, कहता तो यही है।''

कमरे में एक समवेत ठहाका लगा। दोनों उभरते हुए पत्रकारों ने एक-साथ रामलखन की पीठ पर धौल मारा और कहा, ''यार, तुम तो बहुत ही मासूम हो। ऐसे ही सिटिज़न जर्नलिस्ट बनने के सपने देखते हो?''

''नागरिक पत्रकार,'' रामलखन ने संशोधन किया।

वे और ज़ोर से हँसे, ''यार, तुम तो हिन्दीश जी के बाप निकले।''

रामलखन के कहा, ''मैं किसी का बाप नहीं हूँ, मेरी शादी नहीं हुई।''

उन लोगों ने फिर कहकहा लगाया, ''भई, इन्हें भी क्यों न बुला लें इस चर्चा में, काफ़ी मज़ेदार आदमी है।''

''वह तो खैर हिन्दीश जी निर्णय लेंगे।''

खैर, ये सब बातें होने के बाद तय हुआ कि यह जो मसला है, शायद इस लायक़ है कि उस पर कार्यक्रम किया जाए। तभी वहाँ बैठे एक वरिष्ठ पत्रकार ने कहा, ''भई, मोहल्ले में और भी तो धाँसू लोग रहते होंगे। असल में सफल वह कार्यक्रम होता है, जो संगीन भी हो और रंगीन भी। संगीन तो यह है ही, दो-दो मौतें हो चुकीं। रंगीनी हम इसमें ले आएँगे। आप मोहल्ले में ढूँढ़िए; एक-दो ग्लैमरस बन्दे या बन्दियाँ ज़रूर मिल जाएँगे। उनसे जब तफ़्तीश करेंगे कि भई, मोहल्ले का माहौल कैसा है, वहाँ के लोग क्या सोचते हैं, तो कुछ असल और कुछ काल्पनिक रंगीनियाँ सामने आ जाएँगी।''

सब सहमत और एकमत हुए। हिन्दीश जी भी, जब उन्हें कुछ अधिक सांस्कृतिक भाषा में उसकी ख़बर दी गई

चूँकि आप लोग इस तरह के कार्यक्रम टीवी पर रोज़ देखते ही रहते हैं, तो अगर हम भी चार पैनलिस्ट बिठलाकर, एंकर से यह कहलवाएँ कि अब मैं आपसे पूछता हूँ, अब दूसरे से पूछता हूँ; आपके पास एक मिनट का समय है, आप आधे मिनट में बतलाइए...वगैरह...वगैरह और उसकी मार्फ़त, बातों का खुलासा करें तो आप निहायत बोर होंगे। इससे अच्छा है, आप टीवी का कार्यक्रम ही देख लें; बल्कि वह आप ज़रूर देखिए। हम सिर्फ़ ऐसी बानगियाँ पेश करेंगे, जो चटपटी व संगीन बातों के मर्म तक पहुँचे, बाक़ी छोड़ देंगे। कहानी की माँग है कि ऐसा करें।

तो शुरू करते हैं उससे, जो फिस्स रहा फिर आगे चटपटे की तरफ़ बढ़ेंगे।

सोचा गया था कि राघवन की बीवी नीलम से बात करने पर 'पति, पत्नी और वो' क़िस्म के घरेलू रंजिश के रोचक बयान सुनने को मिलेंगे पर ऐसा नहीं हुआ। क्यों नहीं हुआ, यह हम आपको बाद में बतलाएँगे। इसे कहते हैं सस्पेन्स!

हिन्दीश जी ने नीलम से पूछा, "क्या आप इस लड़की दामिनी को जानती थीं?"

"हाँ," नीलम ने कहा।

"क्या आप जानती थीं, आपका पति राघवन उसे जानता है?"

"हाँ," नीलम ने फिर कहा।

हिन्दीश जी कुछ गड़बड़ा गए क्योंकि उनके हिसाब से नीलम को 'नहीं' कहना था।

"पक्का पता था?" उन्होंने पूछा।

"हाँ।"

इस भावहीन 'हाँ-हाँ' से दर्शक तो दर्शक, ख़ुद हिन्दीश जी बोर हो रहे थे पर बीच में मसला छोड़ा नहीं जा सकता था इसलिए पूछा, "क्या आप जानती थीं कि राघवन ने एक गिन्नी दामिनी को दी है?"

"नहीं।"

''अच्छा! तो आप नहीं जानती थीं कि दामिनी के राहत कोष में राघवन ने एक सोने की गिन्नी दी है!'' हिन्दीश जी सतर होकर बैठ गए कि अब आएगा मज़ा।

''जानती थी।''

''फिर अभी क्यों कहा कि नहीं जानती थीं?''

''गिन्नी दामिनी को नहीं, मीरा राव को दी थी इन्होंने। दामिनी के लिए जो राहत कोष बनाया गया था, उसके लिए।''

''एक ही बात है। दामिनी के इलाज के लिए दी थी कि नहीं?''

''अब मीरा राव ने कहा तो यही था।''

''मुद्दे की बात यह है कि तुम्हारे पति राघवन ने एक अनजान औरत दामिनी के इलाज के लिए एक सोने की गिन्नी दी।''

''जी, अनजान नहीं थी। हम उसे जानते थे।''

''आपकी रिश्तेदार तो नहीं थी न?''

''जी, बहन थी इनकी।''

''ओह...हाँ...हाँ...'' अब हिन्दीश जी यह कैसे कहते कि वे भूल ही गए थे कि चर्चा का एक पहलू यह भी था, ''वाकई बहन थी कि मुँहलगी बहन थी?''

''बहन थी, अब कौन-सी लगी थी, सो तो पता नहीं।''

''भई, जन्म से बहन थी? असली बहन थी?''

''असली तो नहीं थी।''

''तो बहन कैसे हो गई?''

''बहन कहते थे तो बहन हो गई।''

''और वह जो रत्नाबाई है, वह आपके पति की माँ है, आपकी सास है?''

''नहीं।''

''आपकी सास नहीं है?''

''नहीं।''

''तो राघवन की माँ कैसे हो गई?''

''हिन्दुस्तान में तो कोई भी किसी की माँ हो सकती है।''

''आप मुझसे मज़ाक कर रही हैं?''

''नहीं, आप चाहें तो आप भी मुझे माँ कह सकते हैं,'' नीलम ने बड़े ही ठंडे स्वर में कहा।

"मुझे क्या ज़रूरत है आपको माँ कहने की ?"

"तो न कहिए।"

पैनल पर बैठे लोग दबी हँसी हँस दिये।

"अच्छा, रहने दीजिए। मैं सिर्फ़ यह पूछ रहा हूँ कि जो गिन्नी दी गई थी, वह आपकी जानकारी में दी गई थी ?"

"हाँ।"

"आपको कोई एतराज़ नहीं था ?"

"नहीं।"

"गिन्नी वापस नहीं मिली, उसे लेकर आप क्या सोचती हैं ?"

"वापस मिलनी चाहिए।"

"आपके ख़याल से क्यों नहीं मिली ?"

"नीयत में खोट है।"

"किसकी ? राघवन की ?" हिन्दीश जी ने कुटिल मुस्कराहट पैनल की तरफ़ फेंकी।

सब लोग आगे झुक आए। अब आया मज़ा।

"नहीं, कतई नहीं," नीलम ने कहा, "खोट मीरा राव की नीयत में है।"

"आप कैसे कह सकती हैं, नीयत में खोट है ?"

"जिसके इलाज के लिए गिन्नी ली गई, वो तो मर गई। किसी और के इलाज के लिए रखी हो तो ऐलान करें, किसके इलाज के लिए रखी है। क्या आपके ?"

इस बार पैनल पर बैठे सब लोग खुलकर हँस दिये।

हिन्दीश जी ख़ासे नाराज़ हुए। लोगों को हँसना है तो एंकर की बात पर हँसे। इस मामूली बेवकूफ़ गृहस्थिन की बात पर क्यों हँस रहे हैं!

"देखिए," उन्होंने संजीदा आवाज़ में कहा, "ये हँसी-ठट्ठे का मसला नहीं है। गंभीर बात है कि एक आदमी से गिन्नी ली जाती है, राहत कोष बनाया जाता है, गिन्नी उसमें जमा की जाती है। राहत कोष बराबर बढ़ता जाता है। जिसके लिए राहत कोष बना था वह औरत मर चुकी है। तो इस राहत कोष का बढ़ना भ्रष्टाचार हुआ कि नहीं ? आप सब मानते हैं न ? यह अन्याय है ? धोखाधड़ी है ? बेईमानी है ?"

"बिलकुल...बिलकुल....बिलकुल..." पैनल के सभी लोगों ने एक सुर में कहा।

ऐसे तो हो लिया प्रोग्राम! कुछ तो नोक-झोंक हो पैनल के बीच।

तो हुक्म जारी हुआ कि यह जो नजमा नाम की औरत है, उसे टटोलो। वह शायद दिलचस्पी का सबब बन सके। नजमा को ढूँढ़ा गया। वैसे वह खोई नहीं थी। पाए जाने की मुन्तज़िर थी। जब उससे पूछा गया, क्या वह स्टुडियो में आकर इस मामले पर बयान देना चाहेगी तो उसने ख़ूब इठलाकर कहा, ''भला क्यों नहीं! आप बुलाएँ और हम न आएँ, ऐसी हमारी मजाल कहाँ?'' नजमा ने उनकी मुँह-माँगी मुराद पूरी कर दी। उसे फ़ौरन बुक कर लिया गया।

फिर टीवी वालों का हरकारा राघवन के पास पहुँचा, तो अलग ही माजरा पेश आया। लगा, उसकी सिट्टी-पिट्टी ही गुम हो गई। वाक़ई! उसने सोच लिया था कि गिन्नी तो अब मिलने वाली है नहीं। जब मौका आएगा, और नीलम उसके बारे में तहकीकात करेगी तो कह देगा, वह तो भई, गुम गई। उस पर तुफ़ैल तो बहुत मचेगा मगर वह किसी तरह थाम लेगा। अगर पब्लिक में खुलेआम यह ऐलान हो गया कि गिन्नी उसने एक ग़ैर औरत के इलाज के लिए दान दी थी तो समझो, क़यामत बरपा हो जाएगी। उसकी बीवी उसे कच्चा ही चबा जाएगी। तो उसने हरकारे से कहा, ''भइया, मेरा इस मामले से कुछ लेना-देना है नहीं। मैं टीवी स्टुडियो नहीं आ सकता।''

हरकारा मुस्कराया। फिर हँसा, फिर मुस्कुराया, फिर हँसा, बोला, देखेंगे और लौट गया।

राघवन को उसकी बारी-बारी से आती मुस्कुराहट और हँसी बेइन्तहा परेशान कर गई। करे तो क्या करे? सलाह ले तो किससे ले? अमूमन वह हर सलाह रत्नाबाई से लिया करता था। पर रत्नाबाई ने अच्छी दग़ा दी। गिन्नी-गिन्नी करती यों कूच कर गई कि गिन्नी गई सो गई, वह राघवन को भी ले डूबी। बहुत सोच-विचार के बाद उसने तय किया कि चलो, वह जो नजमा है, वह काफ़ी सुलझी हुई औरत है। उससे बात कर ली जाए।

उसने नजमा को सारी कहानी सुनाकर कहा, ''मैं तो टीवी वालों से यह कहने वाला हूँ कि मेरा गिन्नी से कुछ लेना-देना है नहीं। मैंने कोई गिन्नी-

गिन्नी दी नहीं, किसी के राहत कोष में। जब समय आएगा तो नीलम से कह दूँगा कि गिन्नी गुम हो गई।''

राघवन की बात सुन रत्नाबाई का बेटा लल्लन, जो राघवन के सामने कम ही बोलता था, एकदम तैश में आ गया।

बोला, ''हम तो आपकी बड़ी इज़्ज़त करा करें कि आप हो एक सही आदमी, पर आप तो एकदम फुस्स निकले! आपकी गिन्नी वापस माँगने में हमारी महतारी ने जान गँवाई और आप हो कि कह दोगे कि वो गुम हो गई? सत्यानाश! महतारी का बलिदान अकारथ गया न!''

राघवन से कुछ कहते न बना।

नजमा ने ही कहा, ''भइया, लल्लन ठीक कह रहा है। बात तो तुम्हारी है बुज़दिलों वाली, भगोड़ों वाली। इसमें कोई फ़ायदा किसी का मुझे नज़र आता नहीं। अब मैं ठहरी एक मामूली औरत। मैं कोई आलिम-फाज़िल तो हूँ नहीं। पढ़ी-लिखी तक नहीं कि तुम्हें सलाह दूँ। मगर जब तुम माँग ही रहे हो तो देनी पड़ रही है। मैं सौ टके की एक बात कहती हूँ कि इन्सान जो है, वो आनी-जानी चीज़ है। चाहे कम जिए, चाहे ज़्यादा; जो आज आएगा, कल जाएगा ही, इसमें शक़ोशुबहा है नहीं।''

यह बात राघवन को पसन्द आई। बोला, ''हाँ, ये बात तो तुम्हारी ठीक है; इस पर तो दामिनी को भी पूरा यक़ीन था कि किसी बात पर एतबार किया जा सकता है तो मौत पर।''

नजमा ने कहा, ''बिलकुल ठीक। मुद्दे की बात यह है कि सोना वो चीज़ है जो कहीं जाती नहीं। परिवार का परिवार नष्ट हो जाए, पूरा शहर बर्बाद हो जाए, गाँव लुट जाए, सोना पुश्त-दर-पुश्त, जहाँ-का-तहाँ टिका रहता है। तो मेरी बात पर तुम कान धर लो कि अगर जो तुमने अपनी बीवी से कहा कि गिन्नी हो गई गुम यानी उसके हाथ से गई तो वो तुम्हें कभी माफ़ नहीं करेगी। मगर जो तुमने कहा कि भइया, ग़लती हो गई, कान पकड़ता हूँ जो मैंने दे दी गिन्नी जज़्बाती होकर, एक बेचारी औरत के इलाज के लिए, तुम मेरा साथ दो तो गिन्नी के मिलने की सौ फ़ीसदी उम्मीद है, तब बीवी ख़ूब ख़ुश होकर तुम्हारा साथ देगी और जब गिन्नी वापस आएगी तो तुम्हारे सारे क़ुसूर माफ़ कर देगी। क्योंकि जैसा बुज़ुर्ग कह गए हैं कि इन्सान आनी-जानी चीज़ है, सोना हमेशा के लिए है।''

हमारी संस्कृति की यही ख़ासियत है कि हर मौक़े पर ऐसे काम के सूत्र-वाक्य मिल जाते हैं। राघवन को बात जँची और उसने सोच लिया कि हरकारा दुबारा आया टीवी वालों का, तो वह वहाँ जाने से इनकार नहीं करेगा।

नजमा ने आगे कहा, "भइया राघवन, अब हमारे हाथ एक मौका आया है तो उसे गँवाना नहीं चाहिए। अरे गिन्नी तो लो ही, उसके साथ और जो मिले, वो भी लो। जहाँ तक मेरा सवाल है, मैं इनको ऐसा नाच नचाऊँगी, कि कम-से-कम एक स्कूटी तो ये मुझे ख़रीदकर देंगे ही। कभी कुछ, कभी कुछ, कहानी को ट्विस्ट दे-देकर मैं इनका मन-बहलाव तो जो करूँगी सो करूँगी, बहला-बहकाकर ऐसा समाँ बाँधूँगी कि इन्हें लगेगा, मेरे बग़ैर मन बहलने वाला है नहीं, सुनने-देखने वालों का। भइया, याद रख लो मेरी बात कि एक दिन वो आएगा जब नजमा अपनी स्कूटी पर, सड़क पर झाड़ू देने आया करेगी। तब देखना, लोग उसकी कितनी इज़्ज़त करेंगे। सब भूल जाएँगे कि मैं सड़क पर झाड़ू देती हूँ। याद रहेगी सिर्फ़ इतनी बात कि ये वो औरत है जो स्कूटी पर चढ़कर सुबह-सुबह सड़क पर हमें दर्शन देती है।"

"नीलम पूछेगी कि ये दामिनी थी कौन? उसे तुम कैसे जानते हो, तो क्या कहूँगा?"

"अरे, उसमें कौन बड़ी बात है! कह देना, सौदा-सुल्फ़ लेने आती थी। आती थी न? सच है न, झूठ नहीं? एक दिन इस नजमा ने कहा कि वो घर में बेहोश होकर पड़ी है। ज़रा हाथ लगवा दो, तो मिलकर अस्पताल पहुँचा दें। तो मैंने पहुँचा दिया। इतनी-सी बात है, इसमें है क्या!"

"हाँ, ये तो ठीक है। तुम बहुत होशियार हो नजमा!"

"होशियार तो हूँ, पर अभी तुमने देखी कहाँ मेरी होशियारी!" कह नजमा ताली पीटकर हँस पड़ी, "एक बार स्टुडियो में जाने दो, वो मजमा बिठाऊँगी कि लोग कहेंगे, फिर जो कभी इसे बुलाया तो हमारी तौबा।" और वह फिर ज़ोर-ज़ोर से हँसने लगी।

राघवन को कुछ चिन्ता हुई, बोला, "देखो नजमा, वहाँ बुलाएँगे तो ऐसे खिल-खिल मत करना। जरा तमीज़, तहज़ीब से पेश आना, जिससे हमारी बात का कुछ वज़न हो, वरना वो सोचेंगे, ये तो सड़क छाप है।"

नजमा और ज़ोर से हँसी, "लो, सड़क छाप नहीं तो कौन छाप हूँ

भइया? सड़क पर झाड़ू लगाती हूँ कि नहीं? हाँ, ये कह लो कि सड़क छाप नहीं, सड़क साफ़ हूँ।"

असल बात राघवन ने नजमा को नहीं बतलाई। असल बात तो कुछ और ही थी। बीवी से अब तक जो छुपाकर रखा था, हफ्तों जो खबर उसे होने न दी थी, बेटी का ज़िक्र आने न दिया था। अब अगर उसे पता चला कि यह वही दामिनी है, जिसके बलात्कार के विरोध में उसकी लड़की दिनोंदिन घर से ग़ायब रही थी और राघवन लगातार उससे झूठ बोलता रहा था तो पता नहीं, उसके दिल पर क्या बीतेगी! राघवन ख़ुद भी उन दिनों को दुबारा जीना नहीं चाहता था। इतनी मुश्किल से तो भूला था। फिर सब याद आ गया था, उस दामिनी के चक्कर में। मगर चलो, कहना तो नहीं चाहिए पर अच्छा ही हुआ कि वह चल बसी। सारा हादसा, सारी ख़बर वहीं ख़त्म हो गई। इस मरी गिन्नी के पीछे अब फिर उस कहानी को दोहराऊँ यह बड़ा मुश्किल है और न दोहराऊँ तो वे पब्लिक वाले दोहराएँगे। मैं न भी गया तो वे कहानी बना-बनाकर किस्सा सुनाएँगे बल्कि लाल-हरी-काली मिर्च लगाकर उसे न जाने कितना तीखा बनाकर पेश करेंगे! झूठ का इतना मसाला बुरकेंगे कि सच का पता ही नहीं चलेगा। नीलम फिर कभी मुझ पर विश्वास नहीं करेगी। इसी उधेड़बुन में लगा रहा राघवन कई दिनों तक, मगर दिल-ही-दिल जानता था, आखिर वह नीलम को बतलाएगा ज़रूर।

फिर वह पुराना चक्कर तो था ही, जो चक्रवात की तरह उसे घुमा रहा था, पटकनी दे-देकर। न सोने देता था, न आराम से बैठने। यह कि वह औरत वाकई वही दामिनी थी, जिसके साथ सामूहिक बलात्कार हुआ था; जिसे मरा हुआ घोषित कर दिया गया था और जिसका दाहकर्म बड़ी शानो-शौक़त से हुआ था? या कोई और लड़की थी, जिसका नाम दामिनी था? जिसके साथ वैसा ही हादसा हुआ था मगर मरने की नौबत नहीं आई थी? न वह मरी थी, न मरने की कभी कोई आशंका रही थी? यह वह दामिनी नहीं थी, जिसे सब मरा हुआ मान रहे थे, मगर जो मरी न होकर ज़िन्दा थी? कतई नहीं थी, इसका सबूत कोई उसे ला देता तो वह निजात पा जाता चक्रवात से।

कई दिन तक मन को तैयार करने के बाद, राघवन ने आखिर पत्नी नीलम से बात छेड़ी। बहुत घुमा-फिराकर, लाग-लपेट के साथ, आहिस्ता-आहिस्ता उसने कहा कि एक लड़की थी, जो रहती थी उनकी कॉलोनी में और बुरी तरह बीमार पड़ गई थी। अस्पताल ले जाने पर पता चला था, उसका एक गुर्दा ख़राब है। उसे बदलने के लिए एक एनजीओ ने राहत कोष खोला था। सभी ने उसमें पैसे दिये थे। भावुकता में आकर राघवन ने उसमें सोने की गिन्नी दे डाली थी। उसने सोचा था, नीलम बहुत गुस्सा होकर कहेगी, तुम किसलिए दानवीर कर्ण बनने चले थे? कौन-सा तुम्हारे पास खज़ाना खुला है? पर वैसा कुछ नहीं हुआ।

नीलम विस्फारित नेत्रों से कुछ देर उसकी तरफ़ देखती रही, फिर बहुत आहिस्ता से फुसफुसाकर बोली, "क्या ये वो ही दामिनी थी?"

"कौन? कौन दामिनी?" राघवन ने बात इधर-उधर की।

नीलम ने झपट्टा मारकर उसका हाथ दबोच लिया। इतनी कमज़ोर काया में इतनी ताक़त हो सकती है, राघवन सोच भी नहीं सकता था। वह उसका हाथ मरोड़ती चली गई। उसे लगा, कहीं हड्डी टूट न जाए।

"कौन दामिनी? क्या पूछ रही हो? मेरा हाथ तो छोड़ो।"

"वही दामिनी," उसने कहा, "जो सफ़दरजंग अस्पताल में थी। जिसे ले गए थे सिंगापुर। जहाँ वो मर गई और यहाँ लाकर उसका संस्कार कर दिया। मगर मैंने सुना है, वो मरी नहीं, ज़िन्दा है!"

"नहीं, नहीं, ऐसा कुछ नहीं है। तुम पता नहीं किसकी बात कर रही हो!"

"झूठ मत बोलो," उसने कहा और कसकर उसका हाथ मरोड़ा।

राघवन की चीख निकलते-निकलते रुकी, "मेरा हाथ छोड़ो," उसने कहा।

"सच बोलो!"

"ये वो दामिनी नहीं थी। एक लड़की थी जिसका नाम दामिनी ज़रूर था। उसके साथ भी कोई दुर्घटना हुई थी जिसमें वो घायल हो गई थी।"

"अर्चना का उससे क्या ताल्लुक है?"

"अर्चना का? अर्चना का उससे क्या ताल्लुक हो सकता है?"

"तुम महीनों मुझसे झूठ बोलते रहे। अर्चना उस बलात्कार के विरोध में गलियों-गलियों घूमती रही। पुलिस से पिटती रही। वॉटर कैनन से

कुचली जाती रही। बालों से घसीटी जाती रही और तुमने मुझे बतलाया नहीं। झूठ बोल दिया कि वो लखनऊ गई है। कुत्तों का खाना बेचने।''

''कुत्तों का खाना बेचने नहीं कहा,'' राघवन के मुँह से अटपटा-सा जवाब निकला।

नीलम ने एक बार फिर उसका हाथ मरोड़ा।

''अच्छा-अच्छा! कह दिया होगा। प्लीज़, मेरा हाथ छोड़ो। हड्डी टूट जाएगी,'' राघवन ने कहा।

''झूठ बोला था न?''

''हाँ, झूठ बोला था,'' उस वक़्त उसकी बस यह चाहत थी कि नीलम उसका हाथ छोड़ दे और उसकी हड्डी टूटने से बचे।

''तो ये वही दामिनी थी?''

''नहीं, वो दामिनी कैसे हो सकती है नीलम, वो तो मर गई। ये कोई और लड़की थी।''

''तो तुम्हें इतनी दया क्यों आई उस पर?''

''कह तो रहा हूँ, भावुकता में कर गया। सभी लोग पैसा दे रहे थे। मेरे पास और कुछ तो था नहीं, गिन्नी थी, दे डाली। माफ़ कर दो मुझे। मैं पूरी कोशिश कर रहा हूँ कि गिन्नी वापस मिल जाए। वो लड़की तो मर गई इसलिए राहत कोष अब कोई मायने नहीं रखता।''

''उस सबकी तुम्हें बड़ी फ़िक्र है। तुम ये कैसे भूल गए कि वो गिन्नी अर्चना की शादी में देने के लिए थी और अर्चना शादी नहीं कर रही है—जानते हो, क्यों?''

''नहीं। मैं नहीं जानता। आजकल लड़कियाँ...''

''नहीं जानते। फिर झूठ बोल रहे हो। वो शादी नहीं करना चाहती क्योंकि उसे मर्दों से नफ़रत हो गई है। उसे लगता है, हर मर्द दरिंदा, कुत्ता होता है। होता है ना?''

''ज़रूरी नहीं है।''

''क्यों ज़रूरी नहीं है? बिलकुल ज़रूरी है। वो ये ही मानती है और इसीलिए शादी नहीं कर रही। तुम तो बड़े ख़ुश हुए होंगे। चलो, अर्चना तो शादी कर नहीं रही, उसकी गिन्नी मैं कहीं और दे देता हूँ!''

''कैसी बात कर रही हो, नीलम! अर्चना शादी नहीं कर रही, सुनकर मैं ख़ुश होऊँगा?''

"तुम उसे बतलाओ कि सब मर्द ऐसे जानवर नहीं होते।"

"मेरे बतलाने से क्या वो मान जाएगी?"

"नहीं, मानेगी तो नहीं।"

"फिर मुझसे बतलाने को क्यों कह रही हो?"

"क्योंकि तुम यहाँ-वहाँ घूमते रहते हो। मज़े करते। सोचते नहीं कि लड़की घर में है जो इस कदर अमानवीय होती जा रही है। शादी नहीं..."

"अरे शादी नहीं करेगी तो कौन-सी मुसीबत आ जाएगी! तुम क्या शादी करके बहुत ख़ुश हो?"

"नहीं, मैं ख़ुश नहीं हूँ।"

"इससे कोई फ़र्क़ नहीं पड़ेगा कि वो शादी करती है या नहीं। वो उतनी ही नाख़ुश रहेगी, हर हाल में। चाहे करे या न करे। उसका लोगों पर से विश्वास उठ गया है।"

"लोगों पर से नहीं, मर्दों पर से। हर मर्द को जानवर समझती है। ऐसा नहीं होता राघवन। ऐसा सोच लो तो ज़िन्दा रहना दूभर हो जाता है। हमें किसी-न-किसी पर विश्वास करना पड़ता है। तुम सोचो। अगर मैं सोच लूँ, तुम दरिन्दे हो, जानवर हो, तो क्या मैं तुम्हारे साथ रह पाऊँगी?"

"नहीं, तुम तो अब भी बड़ी मुश्किल से रह रही हो," राघवन ने अपना हाथ मलते हुए कहा, जिससे खून का दौरा उसमें वापस आए।

नीलम हँसी नहीं। कहा, "हाँ, मुश्किल से तो जी रही हूँ।"

"पर जी तो रही हो न।"

"जी तो अर्चना भी रही है।"

"थोड़े दिनों में बात पुरानी हो जाएगी। फिर उसके मन से ये डर, ये आशंका मिट जाएगी।"

"नहीं मिटेगी।"

"तो उसका इलाज कराते हैं। उसे किसी मनोचिकित्सक को दिखलाते हैं।"

"मर्द को?"

"औरत को दिखला देते हैं..."

"जो मर्द से नफ़रत करती हो?"

"जरूरी तो नहीं कि वो मर्द से नफ़रत करती ही हो!"

"ज़रा भी अक्ल होगी न उसमें, तो करती होगी।"

"फिर तुम्हीं बतलाओ नीलम, क्या करें?"

नीलम सहसा चुप हो गई और फिर उसकी चुप्पी टूटी ही नहीं। दो-चार बार राघवन ने कहा, "बोलो न नीलम," पर उसने कोई जवाब नहीं दिया।

"अच्छा, छोड़ो," उसने कहा, "मैं एक बार अर्चना से बात करके देखता हूँ। अब तक मैंने बात नहीं की क्योंकि..."

"क्योंकि तुम बुज़दिल हो, डरपोक हो, कायर हो...तुममें इतनी हिम्मत नहीं थी कि बेटी के सामने मुँह खोलकर वो बातें कर सको।"

"तो तुम कर लेतीं। तुमने की?"

"हाँ, की थी।"

"मुझे तो नहीं बतलाया।"

"क्यों बतलाती? तुमने हमें क्या बतलाया?"

"तुमने बात की तो उसने क्या कहा?"

"कहा, मुझे शादी नहीं करनी, बस। प्लीज़, मेरे पीछे मत पड़ो! प्लीज़, मेरे पीछे मत पड़ो! प्लीज़, मेरे पीछे मत पड़ो! उसने इतनी बार ये कहा कि मैंने पीछे पड़ना छोड़ दिया।"

बाद में नीलम को राघवन का हाथ मरोड़ने और अपना बरसों का गुस्सा उस पर उतारने पर काफ़ी पछतावा हुआ। अगर वह राघवन की जगह होती तो वही करती जो उसने किया। और अर्चना की हालत के लिए उस बेचारे को दोषी ठहराना तो सरासर ज़्यादती थी। अब समझे आप कि नीलम ने टीवी पर हिन्दीश जी को घास क्यों नहीं डाली!

चलिए, छोड़ देते हैं उस दर्दनाक क़िस्से को यहीं। आपको ले चलते हैं कार्यक्रम की अगली चटपटी किस्त की तरफ़, जब बारी आई नजमा से बातचीत की।

"एक राज़ की बात बतलाऊँ?" हिन्दीश जी से स्क्रीन पर मुखातिब होते ही नजमा ने बहुत इठलाकर, इतराकर पूछा।

पल-भर को हिन्दीश जी भूल गए कि वह किस कदर संजीदा क़िस्म के पत्रकार थे। उन्होंने मुस्कुराकर कहा, 'बतलाइए।"

"यहीं बतलाऊँ?" नजमा ने कहा, "या प्राइवेट में?" कहकर हिन्दीश जी को आँख भी मार दी।

हिन्दीश जी तिलमिला गए, ''प्राइवेट मतलब? यहाँ सब पब्लिक है। जो बोलना है, यहीं बोलिए।''

''ठीक है जी। तो हमारी कॉलोनी में करीब-क़रीब सबको मालूम है कि ये जो बी.के. सपोत्रा मरा, सो किसी कार्डक-वार्डक से नहीं मरा।''

''आपका मतलब हार्ट अटैक, दिल का दौरा?''

''जी, उससे नहीं मरा। वो मरा अपने मकान की दुमंज़िली छत से गिरकर।''

''कौन-से मकान की?''

''जो मकान वो बनवा रहा था, उसकी दूसरी मंज़िल की छत डल रही थी। सपोत्रा उसके बराबर के मकान की छत पर, मुँडेर कहना चाहिए, बैठा निगरानी कर रहा था। हमारी बहन दामिनी, इस पर एतराज़ कर रही थी जी, कि रात के ग्यारह बजे काम क्यों हो रहा है। पुलिस को भी उसने खबर दी थी। पुलिस वाले पान चबाते, सुपारी खाते, ठट्ठा करते आए भी थे। काफ़ी देर बतिया कर सपोत्रा से, शायद जेब में ठूँस-ठाँसकर चले गए होंगे। सो हमें तो मालूम नहीं, हाँ, ये ज़रूर मालूम है कि वहाँ पीना-पिलाना चल रहा था।''

''आपको कैसे मालूम?''

''वो ऐसे मालूम है कि अपना जो बीट है न बीट...बीट...आप क्या कहो हो उसे बीट कन्स्टबल, वो है हमारे गाँव का। मौसी कहता है मुझे। है नहीं मेरा भांजा मगर कहता मौसी है। तो कभी-कभाक आ जाता है। इधर-उधर की गप्प सुना जाता है। तो वो बतला रहा था कि भई, उस दिन हमें अच्छा पीने-पिलाने को मिला। मगर उसने ये भी कहा था कि किसी से कहियो मत। क्योंकि हुआ ये कि जब वो पी-पा चुके, तो अब जी, पुलिसिया तो थे सब जवान, पर ये सपोत्रा जो था, वो था बूढ़ा, चलो बूढ़ा ना कहो, अधेड़ समझ लो। होगा कोई साठेक बरस का। तो ये मुँडेर पर बैठे-बैठे पी रहा था और बड़ा खिखिया-खिखियाकर कह रहा था, कर दी रपट पुलिस में! आ गए पुलिसिया! पी गए मेरे साथ। ख़ैर जी, जब पी-पा चुके तो पुलिसिया तो खिसक लिये पर ये बैठा रहा छत पर और गटकता रहा क्योंकि बोतल में बची थी। अब बोतल में बची तो आप जानो, कोई फेंकता नहीं। आपने फेंकी है कभी?''

''वह छोड़ो।''

"तो फेंकी होगी आपने। उसने ना फेंकी। जब गटक चुका तो मज़े में आकर बोतल ख़ूब लहराकर नीचे फेंकी, सड़क पर। तो बोतल जो गिरी सो गिरी, सपोत्रा भी साथ नीचे आ गिरा। अब नीचे थी बहुत सारी बोरियाँ। सीमेंट-वीमेंट की। छत डल रही थी न। सरिए-वरिए लग चुके थे। शटरिंग...यही कहते हैं न आप लोग, वो हो चुकी थी। मगर बोरियाँ ठसाठस पड़ी थीं। एक के ऊपर एक। उन्हीं पे आकर ये ढेर हुआ। अब कुछ देर तो पता ही नहीं चला किसी को क्योंकि सीमेंट की बोरियों पर कोई गिरे तो आवाज़ खास होती नहीं। और था भी वो सीमेंट की बोरी जैसा। तो एक और बोरी लोगों ने सोचा होगा, गिरी हुई है। काफ़ी घंटों बाद लेबर को लगा कि भई, ये जो ऊपर बैठा चीख़-चिल्ला रहा था, वो तो हैई नहीं। उन्होंने सोचा, घर चला गया होगा। फिर देखा, गाड़ी तो वहीं खड़ी है। तब जाकर मन में खटका हुआ कि गया कहाँ? तो ढूँढ़ा-ढाँढ़ा, इधर-उधर कि अँधेरे में जाएगा कहाँ! सोचा, बाथरूम गया होगा। वहाँ भी न मिला। तब एक ने देखा कि ये जो सबसे ऊपर पड़ा है सीमेंट की बोरियों के, ये तो बोरी-सा ना लगे। एक तो ये बोरी के रंग का ना है। ये तो कुछ नीले-पीले से रंग का है। वैसी-सी कमीज़ वो पहने था। तो उन्होंने जाके टटोला। तो देखा, ये तो सपोत्रा मरा पड़ा है। अब क्या करें? तो एक जान-पहचान का डॉक्टर बुलाया। उसने सर्टिफ़िकेट दे दिया कि वो जो आप कहो हो ना दिल का दौरा, कार्डक पड़के मर गया। मगर हम सब सड़क साफ़ या सड़क छाप लोग जाने हैं कि सपोत्रा किसी कार्डक-वार्डक से ना मरा। सपोत्रा मरा अपने ग़ैरकानूनी मकान की दूसरी मंज़िल से गिरकर।"

"क्या मतलब? ग़ैरकानूनी आप कैसे कह सकती हैं?"

"आड़ न लगाना ग़ैरकानूनी था कि नहीं? अगर वो क़ानूनी आड़ लगाता, तो उसको दामिनी की आह ना लगती। कॉलोनी में सबका मानना है कि जिस दिन दामिनी मरी, तो उसकी जो रूह निकली, उसने इसकी रूह को खींचा। उसकी आह इसे लगी और उसी ने खींच कर इसे चारों खाने चित सीमेंट की बोरियों पर जा पटका। और ये हो गया—ये जा, वो जा अल्लाह को प्यारा।

"अब यह भी तो हो सकता है," पेनल पर बैठे एक जवान पत्रकार ने कहा, "सपोत्रा ख़ुद न गिरा हो। उसे किसी ने धक्का दिया हो! यानी दिस माइट बी मर्डर, नॉट एक्सीडेंट।"

कुछ देर सब हक्के-बक्के रहे। फिर स्टूडियो में एक सनसनी दौड़ गई, जिसे आप बाक़ायदा महसूस कर सकते थे बदन को सहलाकर गुज़रते हुए। मर्डर, एक नया शगूफ़ा! हिन्दीश जी ने भी उसे महसूस किया और उनकी दूरंदेशी नज़र ने उसके अति दूरगामी नतीजों को पल-भर में परख लिया और दिमाग़ ने चट प्रतिक्रिया दी कि ख़त्म करो इस क़िस्से को यहीं के यहीं। हत्या के मामलों में पुलिस की ढीली और नाकारा तहक़ीकात पर बहस करवाना एक बात है, जो चैनल के लिए ख़ूब मुफ़ीद रहती है। और ये बैठे-बिठलाए, दुर्घटना को बिला सबूत, हत्या करार देना एकदम दूसरी। हत्या की शुरू से आख़ीर तक तहकीक़ात करके पुख़्ता सबूत जुटाने के लिए जिस ताम-झाम की ज़रूरत है, वो नहीं होता उनके पास। उस ओखली में सिर देना, मतलब, मूसलों की मार से चैनल का कचूमर निकलवाना। उसके लिए वह कतई तैयार नहीं थे। बात को तत्काल ख़त्म करना ज़रूरी था। लिहाज़ा उन्होंने डपटकर कहा, "कौन धक्का देगा? हम यहाँ सनसनी फैलाने के लिए एकत्र नहीं हुए हैं। बी.के. सपोत्रा कैसे मरे, दिल के दौरे से या छत से गिरकर, इससे हमारा कोई लेना-देना नहीं है। हमारा मक़सद है, इस राहत कोष में जमा धन के बारे में पता लगाना। उसमें निहित सम्भावित अवैध गतिविधियों की पड़ताल करना। हम किसी पर कोई आरोप नहीं लगा रहे। कह रहे हैं, सम्भावित। नजमा जी, बेहतर होगा कि आप केवल मूल विषय पर ही बात करें।"

'व्हाट द हेल!' मन ही मन उन्होंने धिक्कारा। वो बोलते हिन्दी में थे पर कोसते अंग्रेज़ी में थे। कार्यक्रम न हुआ, जी का जंजाल हो गया। कभी टाँय-टाँय फ़िस्स में सनसनी ढूँढ़ो और जब लाख ख़ुर्दबीन से ढूँढ़ने पर भी न मिले तो फ़िस्स को यों भुगतो कि आम गृहस्थिन औरत आप से बाज़ी मार ले जाए! और जब सनसनी छत से कूद, आकर बदन झिंझोड़े तो उसे नकारो और कहो, हम यहाँ सनसनी फैलाने को नहीं एकत्र हुए। तब क्या मर्सिया पढ़ने को हुए हैं! व्हाट द हेल! पर यह वे सोच सकते थे, कह नहीं सकते थे। जो कह सकते थे, कह चुके थे। और कुछ कहते, उससे पहले नजमा ने सोच में बाधा डाल दी।

वह कह रही थी, "तब एक राज़ की बात और है।"

"कहिए।"

"ये जो रामलखन है..."

''कौन रामलखन?''

''वही जो आपको तमाम फ़ुटेज देकर गया है इस क़िस्से का।''

''तमाम नहीं, कुछ फ़ुटेज देकर गया है। ख़ैर, आप कहिए।''

''वो बी.के. सपोत्रा का बेटा है।''

स्टूडियो में फिर एक सनसनी दौड़ गई, जिसे फिर आप महसूस कर सकते थे बदन को सहलाते हुए। पैनल के सभी लोगों के मुँह से एक साथ निकला, ''क्या!!''

''बकवास!'' इससे पहले कोई और कुछ टिप्पणी करता, हिन्दीश जी ने दृढ़ता से कहा, ''ये चैनल अफ़वाह फैलाने के लिए नहीं है। आपके पास सबूत हो तभी कुछ कहिए वरना नहीं।''

''सबूत आप मानो तो है, ना मानो तो नहीं है,'' कहकर नजमा चुप हो गई।

पैनल पर खुसर-पुसर शुरू हो गई, और कलाम साहब ने सबकी बेक़रारी को अल्फ़ाज़ देते हुए कहा, ''आगे बोलिए न!''

''ऐसा है जी, मेरी एक ननद है करमा, उसकी भी एक ननद है, सलमा। और उस सलमा की...

''...भी एक ननद है?'' हिन्दीश जी फिर भूल गए कि वह किस कदर संजीदा पत्रकार थे।

''नहीं जी, उसकी ननद कैसे होगी? उसका शौहर तो इकलौता बेटा है अपने माँ-बाप का। उसकी एक पड़ोसन है, जिसका नाम है संतरा। अब ये जो संतरा है, वो दाई का काम करती है गाँव डूडू में। बोला करें उसे मध्य प्रदेश। वहाँ उसने रामलखन की जचगी कराई थी। अब उसकी और जो साथिनें हैं, वो पड़ोस के गाँवों में काम करती हैं। कोई मोथिया में, कोई सोना साँवरी में, कोई बावरी कला में। अब ये बात बहुत कम लोग जानते हैं कि मीरा राव जो यूँ कहने को केरल की हैं, उनकी पहली शादी हुई थी, बावरी कला में। खैर, इसकी कोई अहमियत नहीं है। यूँ ही बात कहने को बतला रही हूँ...''

''ज़रूरत नहीं है। आप मतलब की बात पर रहिए।''

''अच्छा जी। तो ये सब हैं सरकारी दाइयाँ। इनकी अदला-बदली होती रहती है। जैसे जी आपके एम.एल.ए. लोग ना, एक पार्टी छोड़कर दूसरी पार्टी में चले जाते हैं, वैसे ही ये एक गाँव छोड़ दूसरे गाँव चली जाती हैं।

अपनी इच्छा से नहीं जातीं, इन्हें तो जी भेजा जाता है। ज़ाहिर है, जब ये एक गाँव से दूसरे गाँव में जाएँगी तो कुछ बातचीत तो करेंगी ना आपस में। तो गाँव में जो भी होता है, अला-बला, अटरम-शटरम, दूसरे गाँव में पता चल जाता है। तो संतरा के जनवाए रामलखन का किस्सा, जो आस-पास का इलाका था, डूडू गाँव का, उसमें फैल गया। उसने बात बताई अपनी भाभी को। उसने बताई मेरी मामी को। ना! मेरी मामी को नहीं बताई, मेरी मामी तो दिल्ली में है, उसे कैसे बताती? उसने बताई एक जनी को। अब उसका नाम तो मुझे ठीक से याद नहीं...हाँ जी, उसका नाम है चम्पाकली। अब चम्पाकली की जो देवरानी है, वो मेरी मामी की भावज लगती है। हैं जी, समझे? उसने मेरी मामी को बताया कि भइया, डूडू गाँव में एक लड़का पैदा हुआ है, नाम रखा गया है रामलखन। अब मज़े की बात ये है कि उसके बाप का नाम तो हमें मालूम है, माँ का नाम मालूम नहीं। आप जानो, माँ तो सामने दिखलाई देती है तो उसका नाम सब जानते हैं; बाप कहीं दिखलाई देता नहीं। माँ जिसे बतला दे कि बाप है, उसी को लोग बाप मान लेते हैं। हाँ, मैंने सुना है, आजकल कुछ तरीका है पता करने का। वो जो अपने मंत्री थे ना, 80 बरस की उम्र में जिनके बेटा पैदा हुआ था, वो बोले कि ये तो मेरा बेटा हैई नहीं, तो पता नहीं कैसे-कैसे डॉक्टरों ने क्या-क्या करके पता लगाया कि हाँजी, ये तो उन्हीं का बेटा है। मगर ज़्यादा करके तो माँ बोले कि भई, ये पड़ोसी इसका बाप है तो वही मान लेंगे हम। कहे, मेरा शौहर इसका बाप है तो वो मान लेंगे और जो कहे जी कि मुझे पता ही नहीं कि कौन इसका बाप है, तो वो मान लेंगे।''

''आप इतना बोल क्यों रही हैं? सीधे बात पर आइए।''

''अरे बोले बिना बात पर कैसे आऊँ?''

''तो असल बात पर आइए न?''

''बाद में आप पूछो कि भई नजमा, ये बता, रामलखन की माँ कौन है, तो मैं पहले बता दूँ, मुझे नहीं पता। बाप उसका है बी.के. सपोत्रा...''

''छोड़िए वह सब। बस यह बतलाइए कि आपको कैसे पता, रामलखन बी.के. सपोत्रा का बेटा है?''

''मुझे क्या पता होना था? वो दाई ने कहा कि वो उसके घर जन्मा। बी.के. सपोत्रा का नाम बाप के नाम पर लिखाया गया। उसके सुपुर्द करके वो चली आई। माँ जन्म देने के बाद कहाँ गई, कहाँ नहीं, उसे मालूम नहीं।

सो बाप का नाम मैंने आपको बतला दिया। जो मुझे झूठ बोलना होता तो मैं ये ना कह देती कि उसकी माँ का नाम मीरा राव है। सो तो मैंने नहीं कहा ना। अब आप जानना ही ना चाहो कि सच क्या है तो लोऽऽ, मैं कहे देती हूँ...''

''अच्छा, काफ़ी हो गया। अब, कपोल–कल्पित जी, आप वकील हैं, मैं आपसे पूछता हूँ, इसकी तस्दीक करने के लिए क्या क़दम उठाए जाने चाहिए?''

हिन्दीश जी ने नजमा को एक तरफ़ करते हुए पैनल के दूसरे सदस्य से पूछा।

कपोल–कल्पित पूरी तरह नजमा पर एकाग्र थे। अपनी तरफ़ देखते पाकर नजमा ने उन्हें आँख मार दी। उन्होंने तत्काल कहा, ''नजमा जी, रामलखन की परवरिश बी.के. सपोत्रा ने ख़ुद की या...आप जानती हैं तो बतलाएँ।''

''हाँ–हाँ,'' बाक़ी पैनलियों ने अनुमोदन किया।

हिन्दीश जी ने हवा का रुख़ परखा और हथियार डालते हुए कहा, ''बतलाइए।''

''नहीं जी, उन्होंने ख़ुद नहीं पाला। ये जो रामलखन है, उसे अपने दूर के रिश्तेदार के यहाँ भेज दिया। भतीजे थे कि भान्जे, सो तो मैं जानती नहीं, मगर एक मियाँ–बीवी थे। तो उन्होंने रामलखन को पाला और ये जी बड़ा ज़हीन है, तो जब इसको पढ़ने भेजा, तो जी ये जम के पढ़ा। जब 12वीं पास कर गया, तो उसको कॉलेज भी भेज दिया जी। उसको वो मिल गया जी, वज़ीफ़ा–उज़ीफ़ा। फिर ये जो हैं ना अपनी मीरा राव, इन्होंने उसे अपने दफ़्तर में चपरासी रख लिया। इस तरह वो दिल्ली पहुँचा। अब बी.के. सपोत्रा के कहे पर ही रखा दफ्तर में। बाक़ी उनका आपस में क्या रिश्ता था, मैं नहीं जानती और ना मैं कह रही हूँ कुछ। हाँ, आप रामलखन को बुलाओ तो उसके पास बहुत सारी राज की बातें हैं। वो तो जी, यहाँ तक जाने है कि दामिनी के जो बलात्कारी थे, उनमें एक आदमी जो था, वो किसका बेटा था।''

''अच्छा, ठीक है,'' हिन्दीश जी का धैर्य चुक गया। ''ये सब आप अनर्गल बोल रही हैं। उससे इस पैनल का कोई सरोकार नहीं है। रामलखन को यहाँ बुलाने की ज़रूरत नहीं है। हम बात कर रहे हैं, राहत कोष की।

जो पैसा एकत्र किया गया था, उसका क्या हुआ ? और उसका क्या करना होगा ? बाक़ी बातें हमें नहीं करनी।''

''ठीक है जी, न करो, मुझे क्या ?''

हिन्दीश जी ने खीज कर कहा कि अब एक कमर्शियल ब्रेक का समय हो गया, वगैरह वगैरह...मगर यह कमर्शियल ब्रेक चीज़ ही ऐसी है, भई, नाम ही ब्रेक है उसका, कि उसे थोड़ी देर में निपटाना पड़ता है और हमेशा कुछ मिनट बचे रहते हैं, जिसमें लोगों से एक-दो मिनट में टिप्पणी माँगी जाती है।

हिन्दीश जी ने वहाँ बैठे कलाम साहब से कहा, ''आपके पास एक मिनट है, अगर कुछ कहना है तो जल्दी से कहिए।''

उन्होंने कहा, ''मुझे नजमा आपा से एक सवाल पूछना है।''

हिन्दीश जी ने घुड़का, ''यहाँ सवाल पूछने का हक़ सिर्फ़ मुझे है।''

''वाह,'' वो बोले, ''मुसलमान जानकर हक़ मार लोगे! सवाल पूछने का हक़ हर हिन्दुस्तानी सिटिज़न को है। तो बतौर सिटिज़न मैं नजमा आपा से पूछ रहा हूँ कि रामलखन जिस बलात्कारी को जानता है, उसका नाम क्या है ?''

हिन्दीश जी ने तंज़ के साथ बाधा दी, ''सिटिज़न कमाल साहब, बतौर नागरिक आपने औरों का भी समय ले लिया। इसलिए क्षमा-याचना के साथ, मुझे यह बहस यहीं समाप्त करनी पड़ रही है। धन्यवाद।''

हिन्दीश जी ने बहस ख़त्म कर दी। मगर वे चाहे जितने बड़े खिलाड़ी रहे हों, इस बार मात खा गए। क्योंकि जैसे ही यह प्रसारण लोगों ने सुना, दे मार ख़त पर ख़त, फ़ोन पर फ़ोन, टीवी के दफ़्तर में आने लगे, कि भइया, कौन है यह रामलखन ? उसे कार्यक्रम में बुलाइए कि वह हमें बतलाए, उस बलात्कारी का नाम क्या है ? अगर जो आपने उसे नहीं बुलाया तो हम मान लेंगे कि आप कर रहे हैं पक्षपात, कि आप जो हैं, मीडिया का इस्तेमाल ग़लत तरीकों से कर रहे हैं, किसी के हित के लिए। उन तमाम चिट्ठियों और फ़ोनों की बदौलत हुआ यह कि, ज़िन्दगी में पहली बार हिन्दीश जी को अपने चैनल से फटकार मिली कि इतना टीआरपी बढ़ाने वाला मसला, आप बीच में रद्द कैसे कर देंगे ? जहाँ भी हो, इस रामलखन को ढूँढ़कर लाइए और उससे लम्बी बात कीजिए।

यों नजमा की मार्फ़त रामलखन का पुराना सपना पूरा हुआ और वह अपने को हिन्दीश जी के सामने पाकर निहाल हो गया। हिन्दीश जी ने बड़ी सख़्ती से उससे पूछा, ''आप मीरा राव के दफ़्तर में चपरासी का काम करते हैं?''

''जी हाँ।''

''कब से करते हैं?''

''जी, बहुत समय हो गया। कोई चार-पाँच वर्ष तो हो ही गए होंगे।''

''चार या पाँच?'' हिन्दीश जी ने और सख़्ती से पूछा।

''जी, ज़रा रुकिये, मैं काग़ज़ देखकर बतलाता हूँ।'' उसने ज़ेब से एक पुर्ज़ा निकाला। पढ़ा और कहा, ''जी, पूरे तौर पर चार वर्ष, दो महीने, उन्नीस दिन हुए हैं।''

हिन्दीश जी ने बात को उड़ाते हुए कहा, ''ठीक है। चार वर्ष...या जो भी है। आप वहाँ चपरासी कैसे लगे? आपने कोई इंटरव्यू दिया था?''

''जी, मेरा साक्षात्कार लिया तो गया था, मगर उसमें मेरे सिवा अन्य उम्मीदवार नहीं था।''

''आपका मतलब है, आप किसी की सिफ़ारिश पर वहाँ चपरासी लगे?''

''हमारे देश में हर नियुक्ति इसी प्रकार होती है। किसी-न-किसी की सिफ़ारिश पर। तो मेरी नियुक्ति भी इसी नियम के अन्तर्गत हुई।''

''किसकी सिफ़ारिश थी?''

''एक बिल्डर हैं जी, या कहना चाहिए, थे, क्योंकि वे परलोक सिधार गए हैं। स्वर्गवासी बी.के. सपोत्रा।''

''उन्हें आप कैसे जानते हैं?''

''ऐसा है जी, मैं उन्हें नहीं जानता। मैंने तो उन्हें कभी देखा ही नहीं। हाँ, लोग कहते हैं कि वो मेरे पिता हैं।''

''आपके पास बर्थ सर्टिफ़िकेट तो है न?''

''जन्म का प्रमाण-पत्र? जी, नहीं है।''

''फिर आपका सम्पर्क बी.के. सपोत्रा से कैसे हुआ?''

''जी,मैं गाँव बावरी कला में रहता था। पढ़ता था जी कॉलेज में। कॉलेज पास किया ही था कि एक दिन एक आदमी आया। उसने मुझे एक पत्र दिया। पत्र में लिखा था, तुम दिल्ली चले जाओ। इस पते पर, इस

दफ़्तर में। मीरा राव नाम की महिला होंगी। उनसे मिलो, वह तुम्हें अपने दफ़्तर में चपरासी की नौकरी दे देंगी। नीचे लिखा था—भवदीय बी.के. सपोत्रा। तो जी, मैं वह पत्र लेकर मीरा राव जी के कार्यालय में गया और वहाँ उन्होंने दो-तीन आदमियों को बिठलाकर मेरा साक्षात्कार करवाया और मुझे नौकरी दे दी।''

''ठीक है,'' हिन्दीश जी ने पैंतरा बदलकर दन से पूछा, ''आप दामिनी के बलात्कारी का नाम जानते हैं?''

''जी, एक का जानता हूँ।''

''क्या नाम हैं?''

''मनहर!''

उस बार वहाँ पुलिस कमीशनर भी बुलवाए गए थे। हिन्दीश जी ने उनसे पूछा, ''आपकी जानकारी में दामिनी के बलात्कारियों में कोई मनहर नाम का आदमी था?''

उन्होंने कहा, ''जी हाँ, था।''

''अच्छा! तो ये मनहर किस गाँव का है? किसका बेटा है?''

''गाँव बावरी कला; पिता जोगेन कश्यप; माँ चमेली; उम्र, 20 बरस। बस, इतनी मालूमात है उसके बारे में।''

''ये आपके पुलिस रिकॉर्ड में है।''

''जी।''

''जो ये कह रहे हैं, वही आपकी जानकारी है?'' उन्होंने रामलखन से पूछा।

''जी। परन्तु मेरी जानकारी का क्या महत्त्व? जो पुलिस अधिकारी कह रहे हैं, वही सत्य होगा।''

''आप उसके पिता को जानते हैं?''

''जी, वह हमारे गाँव के अत्यन्त सज्जन पुरुष थे। पिता सज्जन हो तभी उनकी मृत्यु शोक का विषय होती है, अन्यथा नहीं। जैसे मेरे पिता का निधन हुआ तो वह शोक का विषय नहीं था। पर सज्जन जोगेन कश्यप जी को जिस दिन मालूम हुआ कि उनके बेटे ने कुकर्म किया है, उसी दिन उन्होंने आत्महत्या कर ली।''

''क्या यह सही है?'' हिन्दीश जी ने पुलिस कमीशनर से पूछा।

''सही है।''

उनके यह कहते ही, रामलखन ने कहा, "उनका नाम यहाँ घसीटना अशोभनीय है। मैं इसकी निन्दा करता हूँ।"

हिन्दीश जी ने रामलखन को घूरा। रामलखन ने भी जमकर हिन्दीश जी को घूरा। ये घूरा-घूरी कुछ देर ही चली क्योंकि वहाँ बैठे पत्रकार बेचन शर्मा बेसब्री से चीखे, "राइट! उसके बाप पर क्यों जा रहे हैं हम? इस मनहर से लिंकअप करवाइए जल्दी से जल्दी!"

पुलिस कमीशनर हँस पड़े।

"हँस क्यों रहे हैं? मीडिया की ताक़त को नहीं जानते आप?"

"मनहर ज़िन्दा नहीं है। उसे फाँसी हो गई।"

"फाँसी? इतनी जल्दी फाँसी कैसे हो सकती है किसी को?"

"जल्दी नहीं हुई। उसने जब वो कुकर्म किया था, उसे बीत गए पाँच साल। आप जानते ही हैं, वो मामला फ़ास्ट ट्रेक कोर्ट में गया था। उसका जजमेंट आया। फिर फाँसी की सज़ा सुनाई गई। उसके बाद बहुत सारी अपीलें-वपीलें, ये-वो हुआ। फिर जब हमारे नए राष्ट्रपति बने, तब जाकर उसे फाँसी हुई। उसे तो बुलाया नहीं जा सकता। वैसे उसे बुलाकर आप करेंगे क्या?"

"वही तो मैं कह रहा हूँ," हिन्दीश जी चहके, "हम दामिनी के बलात्कार पर चर्चा नहीं कर रहे। हमारा उससे कुछ लेना-देना नहीं है। ये तो लोगों की फ़रमाईश पर हमने रामलखन को यहाँ बुलाया। ख़ैर, उसने जो नाम बतलाया, वह सही निकला। आगे इस सबसे हमारा कोई लेना-देना नहीं है। मीरा राव ने एक चंदा इकट्ठा किया था, दामिनी नाम की लड़की के इलाज के लिए। दामिनी मर चुकी, इलाज हुआ या नहीं हुआ, पता नहीं। हुआ तो मुकम्मल होने से पहले वह मर गई। उसके बाद भी चंदा आता रहा। किसी ने उसे रोका नहीं। तो पैसा काफ़ी जमा हो गया, कोई एक करोड़। उस पैसे में, राघवन नाम के आदमी की एक गिन्नी भी है। उसको लेकर उसने बड़ा तूफ़ान मचा रखा है कि 'मेरी गिन्नी वापस करो...मेरी गिन्नी वापस करो।' उसका महत्त्व इतना भर है कि उसे लेकर मीरा राव के दफ़्तर में एक हंगामा हो गया था। उसकी वजह से हमारी इस तफ़्तीश की शुरुआत हुई थी। हमें पता लगाना है कि यह जो चंदे का पैसा है, वह कहाँ है? किसके पास है? कौन उसका मालिक या प्रबन्धक है? ज़ाहिर है कि इस सबके बारे में मालूम करने के लिए हमें एक तो मीरा राव

को बुलाना पड़ेगा और बाक़ी उनके बोर्ड पर जो अन्य लोग थे, उन्हें। एक तो बी.के. सपोत्रा थे, वे तो मर गए। अन्य लोग जो हैं, उन्हें बुलाकर चर्चा करेंगे, अगली बार। अब समय समाप्त हो गया। मैं आप सबका धन्यवाद...''

हिन्दीश जी की बात पूरी होने से पहले रामलखन ने ज़ोर देकर कहा, ''ना! आप हमारा धन्यवाद न दें, मान्यवर। हम आपका साधुवाद करते हैं कि आप जैसे महान व्यक्ति ने हम जैसे मामूली आदमी को यह अवसर प्रदान किया कि वह आपके सामने आकर बैठे और बोलें। इससे हम बहुत सम्मानित हुए; हम ही नहीं, हमारे वर्ग का हर आदमी सम्मानित हुआ। साधु! साधु!''

इस छोटे-से व्याख्यान के बाद हिन्दीश जी की बोलती लगभग बन्द हो गई। उन्होंने कुछ हकलाते हुए धन्यवाद कहा और कार्यक्रम समाप्त हुआ।

अब उन्होंने तय किया कि 'बेक़ायदा एनजीओ' के बोर्ड पर जो लोग थे, उन सबको बुलाकर एक मुक़ाबला, प्राइम टाइम पर किया जाए। उनमें एक तो थीं मीरा राव, एक अब्दुल सज्जाद सिंह, एक पी.के. वर्मा, एक रहमान पिन्टो; जी हाँ, कुछ अजीबोग़रीब नाम के लोग थे उस बोर्ड पर। ख़ैर, थे हम क्या कर सकते हैं। तो सब लोगों के पास हरकारे दौड़ाए गए।

सबसे पहले हिन्दीश जी के सहयोगी प्रवर जी गए पी.के. वर्मा के पास। पी.के. वर्मा वह जवान आदमी था, जिसने पहले-पहल मीटिंग में कहा था कि 'चंदे का पैसा तो अब भी आ रहा है। मुझे तो पता ही नहीं कि दामिनी मर चुकी।'

पी.के. वर्मा के पास वे पहुँचे तो उसने किसी मुकाबले में आने से साफ़ इनकार कर दिया। कहा, ''मैं कुल जमा दो महीने उस बोर्ड पर रहा। जाते ही मुझे उस चंदे का इंचार्ज बना दिया गया, जो दामिनी नाम की लड़की के लिए जमा किया जा रहा था। मैं उसकी देखरेख करता रहा, जोड़-गुणा जो कहें। मुझे नहीं पता था कि दामिनी मर चुकी। जिस दिन मुझे पता चला, आपको मालूम होगा, बड़ा भारी तमाशा हुआ था उस दिन दफ़्तर में। मैंने फ़ौरन इस्तीफ़ा दे दिया, क्योंकि मैं किसी अनैतिक काम में भागीदार नहीं होना चाहता था। अब उससे मुझे लेना-देना नहीं है और मैं उसके बारे में बात नहीं करना चाहता।''

प्रवर जी बड़े ख़ुश हुए। उन्होंने कहा, ''आप आकर बस इतना ही कह

दीजिए चैनल पर। इतने से ही लोगों को काफ़ी जानकारी हो जाएगी। उसके बाद चाहें तो हर सवाल के जवाब में 'नो कमेंट' कह दें।''

पी.के. वर्मा ख़ुशी-ख़ुशी मान गए।

प्रवर जी अब्दुल सज्जाद सिंह के पास पहुँचे तो वह बोले, ''भाई मेरा तो इससे कोई ताल्लुक है नहीं। मेरा सिर्फ़ वहाँ नाम है। मैं, वो जो कहते थे न अपने पूर्व राष्ट्रपति ज्ञानी ज़ैल सिंह, रबर स्टैम्प हूँ। जब कोरम पूरा नहीं होता तो वो मेरे नाम का ठप्पा इस्तेमाल कर लेते हैं। किसी चीज़ में मैं दखल देता नहीं। किसी बात की जानकारी मुझे है नहीं! लेना भी नहीं चाहता। मैं नहीं आऊँगा। ये कोई अदालत का सम्मन तो है नहीं कि आपने कह दिया और मैं आ गया।''

अब बारी आई रहमान पिन्टो की। रहमान साहब ने हूबहू वही कहा जो अब्दुल सज्जाद सिंह ने कहा था। मानो दोनों ने मिलकर संवाद रटा हो!

काफ़ी झक मारने के बाद प्रवर जी ने कहा, ''अच्छा, चलिए, सेक्रेटरी और ट्रेज़रार के नाम-पते ही बतला दीजिए।''

वह उन्होंने फ़ौरन बतला दिये। यूसुफ़ साहब थे सेक्रेटरी, जो रहते थे फ़िलहाल लंदन में और खरबन्दा थे ट्रेज़रार, जो रहते थे अब दुबई में।

आप पूछेंगे कि भई, इन सब छुटभैयों को बुलाने की बात पहले क्यों हुई? प्रमुख कर्ता तो मीरा राव थी; सबसे पहले वे उनके पास क्यों नहीं पहुँचे? तो जनाब, मैं यही कहूँगी कि ये खोजी पत्रकारिता की गोपनीय बातें हैं, जो गोपनीय स्रोतों से प्राप्त होती हैं और हर ऐरे-ग़ैरे, नत्थू-ख़ैरे को नहीं बतलाई जातीं। कोई तो बात होगी; कोई तो तर्क होगा; कुछ तो सबब होंगे; कुछ तो हालात होंगे, जिनकी वजह से ये मामला जैसे चला, वैसे चला।

यूसुफ़ और खरबन्दा से फ़ोन पर बात की गई कि ऐसा-ऐसा कार्यक्रम हो रहा है; वे उस पर तशरीफ लाएँ; उसके लिए उन्हें प्लेन का किराया दिया जाएगा। तो उन्होंने दो टूक कहा, ''कौन-सी एनजीओ? कौन मीरा राव? क्या बात कर रहे हैं आप साहब! इस सबसे हमारा कोई ताल्लुक नहीं है।''

तब हिन्दीश जी ने स्वयं उनसे बात की और कहा, "ताल्लुक कैसे नहीं है? उनका जो मेमोरेंडम ऑफ़ अंडर्स ट्रेनिंग (एम.ओ.यू.) है; उसमें आपका नाम दर्ज है, एज़ ट्रेज़रार और आपका, एज़ सेक्रेटरी।"

दोनों ने यकसाँ टिप्पणी दी, "मेरा नाम कोई कहीं दर्ज कर दे तो मैं क्या कर सकता हूँ? आप मीडिया वाले तो वैसे ही फर्ज़ी काग़ज़ात तैयार करके लोगों की थू-थू करवाते रहते हैं। इसमें कौन-सी बड़ी बात है! हम बेकार-ठाले तो बैठे नहीं कि प्लेन में दिल्ली आएँ और वहाँ आकर आपको बतलाएँ कि हमारा इससे कुछ लेना-देना नहीं है। हम यहीं बतलाए दे रहे हैं।"

हिन्दीश जी ने कहा, "साहब, आप सबके सामने बतला दें। इतने लोग आपको टीवी पर देखेंगे।"

उन्होंने कहा, "न हम इतने खूबसूरत हैं और न हमें शौक़ है अपना थोबड़ा टीवी पर दिखलाने का, आप हमें माफ़ ही करें। हम नहीं आ सकते।"

क्या कर सकते थे हिन्दीश जी, दूसरे देश में बैठे लोग ठहरे! उन्हें ज़बरदस्ती सम्मन करके तो बुला नहीं सकते थे। सोचा, चलो, पी.के. वर्मा तो हैं। उन्हें बुलाकर एक खुलासा करवा लेते हैं। पर अफ़सोस, जब उन्हें फ़ोन मिलाया तो पता चला कि वह अमेरिका कूच कर गए हैं। उनके पिताश्री ने बतलाया कि उनके दूर के एक रिश्तेदार ने दुबई से कुछ रकम अचानक भेज दी और वह तुरत ऊँची पढ़ाई करने अमेरिका रवाना हो गए; वही तो अर्से से उनका सपना था। रिश्तेदार का नाम माँगा तो कहा, उन्होंने बतलाने से मना किया है कि जग-ज़ाहिर हो गया तो जाने कितने रिश्तेदार और आ जुटेंगे रकम माँगने।

हिन्दीश जी ने कहा, "चलो ठीक है भाई, अब हम पूरी तरह मीरा राव पर एकाग्र होते हैं।"

तो मीरा राव की खोज शुरू हुई। खोज क्या, उनसे मुलाक़ात करने की प्रक्रिया शुरू हुई।

उन्होंने प्रवर जी को उनके दफ़्तर भेजा कि जाकर उनसे कहें कि वह तशरीफ़ लाएँ उनके प्राइम टाइम कार्यक्रम में।

प्रवरजी उस आलीशान इमारत में पहुँचे, जहाँ मीरा राव का दफ़्तर

बतलाया जाता था कि है। रिसेप्शन पर, मारक मुस्कान होंठों पर चिपकाए एक बेहद अल्हड़ और सलोनी बाला बैठी थी।

उससे पूछा, "बेक़ायदा एनजीओ का दफ़्तर किस कमरे में है?"

उसने जवाब दिया, "ऐसा कोई दफ़्तर यहाँ नहीं है।"

प्रवरजी ने कहा, "तो मीरा राव के नाम से होगा?"

बाला ने सामने रखी दफ़्तरों की सूची पर नज़र डाली, और कहा, "ऐसा कोई दफ़्तर यहाँ नहीं है।"

"कब से नहीं है?"

"अब नहीं है, पता है। कब नहीं था, पता नहीं।"

"मेरा मतलब है, एक महीने पहले क्या ये दफ़्तर यहाँ था?"

"देखिए, जब दफ़्तर होता है, मुझे मालूम रहता है। ये रही सूची। जब नहीं रहता, उसकी सूची मुझे नहीं दी जाती।"

"कोई तो फ़ाइल होगी जिसमें देखकर आप बतला पाएँ?"

"ऐसी फ़ाइल देखने का कभी न मुझे मौका मिला, न ज़रूरत हुई। पता नहीं, ऐसी फ़ाइल है भी कि नहीं! आप यहाँ के जो हैं, केयरटेकर, उनसे मिलिए।"

प्रवरजी क्या करते बेचारे! उन्होंने अपनी शख्सियत का असर लड़की पर डालने की कोशिश की, मगर वह तब तक च्युंइगम चुभलाने में मसरूफ़ हो गई थी। साथ ही उसने मोबाइल उठा लिया था और अपने किसी प्रिय या अप्रिय से बातें करने लगी थी।

दो-चार मिनट तो प्रवरजी लटके रहे फिर केयरटेकर के पास पहुँचे। वह निहायत ही सुलझा हुआ भलामनुस निकला। उसने कहा, "मैं यहाँ तीन महीने पहले ही नियुक्त हुआ हूँ और मेरे जाने, यहाँ न बेक़ायदा नाम से कोई दफ़्तर है, न मीरा राव नाम से पहले था या नहीं, फ़ाइलों से माथापच्ची करके पता ज़रूर लगा सकता हूँ पर पहले ये तो पता लगे कि वो जानकर आप करेंगे क्या?"

इतना सुनना था कि प्रवर जी के दिमाग़ में बजा, धत्त तेरे की, हद से बढ़ जाए तो खोज सनक बन जाती है। मेरा मक़सद मीरा राव को प्राप्त करना है, उसके भूतपूर्व दफ़्तरी पतों को नहीं। तो वह मीरा राव के बेपता होने की रपट हिन्दीश जी को देने लौट आए।

हिन्दीश जी ने जब देखा, सीधी अँगुली घी नहीं निकल रहा तो खोजी

पत्रकारिता के दंद-फंद इस्तेमाल करके मीरा राव का पता लगाया। उनके मोबाइल नम्बर पर फ़ोन किया गया तो जवाब मिला कि इनवेलिड नम्बर है। फ़ोन कम्पनी से पता किया गया कि वह नम्बर किसके नाम था? मालूम हुआ कि वो नीरा पसरीचा के नाम था। पता करने की कोशिश की गई कि मीरा राव को कौन-सा फ़ोन नम्बर दिया गया था तो काफ़ी बकझक के बाद, हिन्दीश जी के विलक्षण व्यक्तित्व के चलते, आख़िर फ़ोन कम्पनी ने एक नम्बर उन्हें थमा दिया, जो मीरा राव के नाम था।

उस नम्बर पर फ़ोन किया तो वही जवाब मिला, ''इनवेलिड नम्बर।''

''इसका क्या मतलब है?'' डपटने पर फ़ोन कम्पनी के छोटे अफ़सर ने कहा, ''जैसे नीरा पसरीचा आउट हो गई थीं, वैसे ही लगता है, मीरा राव भी आउट हो गईं।''

''आउट...मतलब?''

''देखिए, नम्बर इनवेलिड हुआ है या बन्दा ही इनवेलिड हो गया है, हम नहीं कह सकते। हो सकता है, मीरा राव मर गई हों! जैसे नीरा पसरीचा मर गई थीं।''

''ऐसी कोई ख़बर हमें नहीं मिली।''

''हो सकता है, आपको बिना खबर दिये मर गई हों!''

''आप किसी के मरने के बारे में इतनी सहजता से कैसे बात कर सकते हैं?''

''अब जी, दो ही बातें होती हैं, ज़िन्दगी में। एक जीना, एक मरना। मैं दोनों ही के बारे में सहजता से बात करता हूँ,'' उस छोटे अफ़सर ने बड़े दार्शनिक अन्दाज़ में कहा।

हिन्दीश जी काफ़ी नाराज़ हुए। मगर उन्हें इतनी क्लिष्ट हिन्दी सूझी नहीं, जिसमें इतने दार्शनिक अन्दाज़ को डपटा जा सकता। लिहाज़ा चुपचाप लौट आए। मगर उनके पास कोई एक स्रोत थोड़ा था। उन्होंने यहाँ-वहाँ से, दोस्तों से, दुश्मनों से, सहयोगियों से, क्रेडिट कार्ड कम्पनी से, बैंक अकाउंट से, आने-जाने वालों से, पड़ोसियों से, सबसे पूछताछ करके पता लगा ही लिया कि मीरा राव अब हिन्दुस्तान में नहीं है। दुबई में है। उन्होंने सोचा, अब और कोई तरीका नहीं है। प्लेन का टिकट कटवाकर सीधा दुबई जाना पड़ेगा और मीरा राव से वहीं बात करनी पड़ेगी।

हिन्दीश जी के लिए न दुबई जाना मुश्किल था, न मीरा राव को वहाँ ढूँढ़ निकालना। वे दनदनाते हुए उसके घर पहुँचे और घंटी बजाई।

एक वर्दीधारी ने दरवाज़ा खोला तो विनम्र स्वर में बोले, "जी, मुझे मीरा राव से मिलना है। मैं दिल्ली से आया हूँ। उनका बहुत बड़ा फ़ैन हूँ। बहुत बार उनका व्याख्यान सुना। उनकी समाजसेवा के बारे में भी जितना सुना, उतना देखा। विलक्षण महिला हैं। मेरे लिए वह मदर टेरेसा के बराबर हैं। अत्यन्त प्रभावित हूँ उनसे। सिर्फ़ पाँच मिनट के लिए मिलना चाहता हूँ। क्या पाँच मिनट का समय वह महान विभूति मुझे दे सकती हैं?"

उस वर्दीधारी की समझ में विशेष कुछ आया नहीं, मगर इतना ज़रूर समझ गया कि एक आदमी मीरा राव से मिलना चाहता है, जो उनका बहुत बड़ा फ़ैन है।

"ठहरिए, पूछकर आता हूँ," उसने कहा।

लगता है कि भीतर मीरा राव ने तमाम प्रशस्ति सुन ली थी, क्योंकि दो मिनट की खुसुर-पुसुर के बाद वर्दीधारी लौटा और उसने हिन्दीश जी को भीतर आने को कहा।

भीतर पहुँचकर उन्होंने हाथ जोड़ माथे से लगाए और प्रश्न किया, "आप बेक़ायदा एनजीओ की हैड रही हैं, हिन्दुस्तान में?"

"अ...अ...आप कौन..."

उन्होंने बड़े फ़ख्र से बतलाया कि वे 'टीवी लाइव' का प्राइम टाइम पर कार्यक्रम चलाने वाले हिन्दीश जी हैं। मीरा राव ने कहा कि उन्होंने न 'टीवी लाइव' का नाम सुना है, ना प्राइम टाइम शो का, न हिन्दीश जी का। हिन्दीश जी को अखरा तो बहुत पर मौक़े की नज़ाकत देखकर ग़म खा गए कि वह समय अपना प्रभामंडल सिद्ध करने का नहीं, खोजी पत्रकारिता का था।

तो उन्होंने कहा, "कोई बात नहीं, आपने नाम न सुना तो न सही। मैं आपको बतला दूँ कि हम 'टीवी लाइव' पर एक कार्यक्रम करते हैं, प्राइम टाइम नाम से। आजकल हम एनजीओस पर बात कर रहे हैं। आपकी बेक़ायदा एनजीओ का बहुत नाम रहा है। आपने बहुत अच्छे काम किये हैं; उन्हींके बारे में हम आपसे बात करना चाहते हैं। हम यह कार्यक्रम हिन्दुस्तान में करेंगे तो फ़ोन द्वारा लिंकअप करके आपसे बात करना चाहेंगे, वीडियो पर। क्या आप उसके लिए अनुमति देंगी?"

''क्या बात करेंगे?''

''वो तो हम वहीं बतलाएँगे।''

''नहीं, आप पहले बतलाइए कि आप मुझसे क्या सवाल करने जा रहे हैं। तभी मैं हाँ या ना कहूँगी।''

हिन्दीश जी ने बहुत मासूमियत से कहा, ''ठीक है, जैसा आप चाहें। आप समझ रही हैं न यह सारी बातचीत मिनी रिकॉर्डर पर रिकॉर्ड हो रही है। तो पहला सवाल यही है कि क्या आप बेकायदा एनजीओ की हैड रही हैं? और बेहतर होगा कि आप सही बयान दें क्योंकि उसके बारे में मेरे पास फ़ुटेज है।''

''क्या फ़ुटेज है?''

''देख लीजिए, मुझे कोई एतराज़ नहीं है, ''उन्होंने रामलखन द्वारा लिया गया उस दिन का फ़ुटेज उन्हें दिखला दिया, जब रत्नाबाई ने महाकाली की तरह घमासान करके प्राण त्यागे थे, उनके दफ़्तर में। और बी.के. सपोत्रा के कार्डियक अरेस्ट का मामला भी सामने आया था।

मीरा राव ने चुपचाप पूरा तमाशा देखा, और कहा, ''आगे पूछिए।''

''तो आप बेक़ायदा एनजीओ की हैड थीं?''

''हाँ, थी।''

''आपने दामिनी नाम की लड़की के लिए राहत कोष खोला था।''

''हाँ, खोला था।''

''तो उस राहत कोष के पैसों का क्या हुआ?''

''दामिनी के इलाज में लग गया।''

''मगर दामिनी तो इलाज होने से पहले ही मर गई।''

''झूठ है। उसका इलाज हुआ था।''

''क्या इलाज हुआ था?''

''उसकी किडनी ट्रांसप्लांट होनी थी। एक डोनर मिल गया था। उसे हमने काफ़ी पैसे दिये थे। फिर सरकारी अस्पताल को इस बात के लिए राज़ी करना पड़ा था कि यद्यपि वो दामिनी का रिश्तेदार नहीं था, फिर भी चूँकि किडनी मुफ़्त डोनेट कर रहा था, इसलिए वो ट्रांसप्लांट कर दी जाए। काफ़ी पैसा लेकर अस्पताल का डॉक्टर तैयार हुआ था पर बदक़िस्मती से, ट्रांसप्लांट के दौरान, दामिनी की मृत्यु हो गई। मगर तब तक हम डोनर और अस्पताल के डॉक्टर को पैसा दे चुके थे। तो खाता खाली हो गया था।''

''मगर, ये जो फ़ुटेज है, उसमें तो ये साहब फरमा रहे हैं कि उन्हें पता ही नहीं था कि दामिनी की मृत्यु हो गई और उसके बाद भी राहत कोष में पैसे आते रहे थे?''

''ये जनाब कुछ ही दिन पहले हमारे यहाँ आए थे और इन्हें कुछ खास पता-वता था नहीं। आप देख ही रहे हैं, कितने जवान हैं! इन्हें यूँ ही गाल बजाने की आदत थी; तो बजा दिया था उस दिन भी।''

''तो...आपका कहना है कि राहत कोष का सारा पैसा दामिनी के इलाज में लग गया?''

''जी हाँ।''

''ये जो बी.के. सपोत्रा हैं, इनका क्या सम्बन्ध था बेक़ायदा एनजीओ से?'' हिन्दीश जी ने अपने चिरपरिचित अन्दाज़ में पैंतरा बदलकर सवाल दागा।

''उनका सम्बन्ध यही था कि वो हमारे बोर्ड पर थे। और वो हमारे काम में, एनजीओ जिनकी भी मदद करता था, उस मदद में काफ़ी पैसा दिया करते थे।''

''तो उन्होंने दामिनी के राहत कोष में भी पैसा दिया था?''

''दामिनी के राहत कोष में तो नहीं दिया था, मगर वैसे हमारी बहुत मदद करते थे।''

''और भी कोई रिश्ता था? हमने सुना है कि आप काफ़ी पैसा बी.के. सपोत्रा के बिज़नेस में इन्वेस्ट किया करती थीं?''

''किससे सुना?''

''लोग कहते हैं।''

''तो लोगों से पूछिए।''

''मैं आपसे पूछ रहा हूँ कि क्या आपने कभी उनके बिज़नेस में पैसा इन्वेस्ट किया?''

''हाँ, कभी-कभाक। अच्छा इंट्रेस्ट देते थे। हमें पैसा वापस मिल जाता था तो हम कुछ और समाजसेवा कर लेते थे।''

''अभी आपका पैसा उनके पास इन्वेस्टेड है?''

''जी हाँ, है। मैंने काफ़ी पैसा उनके यहाँ इन्वेस्ट किया था। मगर उनकी मृत्यु हो गई। उसके बाद वो जो उनके, सक्सेसर...क्या कहते हैं, उत्तराधिकारी हैं, वो इस बात से साफ़ मुकर गए कि हमने पैसा उनके यहाँ

इन्वेस्ट किया था। उन्होंने एक पैसा भी वापस देने से इनकार कर दिया। अब हमारी कोई लिखित कार्यवाही तो इस बारे में थी नहीं। जो 10 या 9 प्रतिशत इंट्रेस्ट बैंक देता है, उससे कहीं ज़्यादा, 18 से 20 पर्सेंट तक इंट्रेस्ट बी.के. सपोत्रा हमें देते थे। हो सकता है, वो ग़ैर क़ानूनी माना जाए। मगर मैं मानती हूँ, क्योंकि ये काम समाजसेवा के लिए हो रहा था, इसलिए उसमें क़ानून को टाँग अड़ाने की ज़रूरत थी नहीं। आख़िर नुकसान हमारा ही हुआ। बी.के. सपोत्रा अचानक कार्डियक अरेस्ट से मर गए और उनके उत्तराधिकारी ने हमारे फ़ंड का पैसा हमें वापस देने से इनकार कर दिया। मगर ये सब तो ज़िन्दगी में चलता ही रहता है।''

''आप दिल्ली से दुबई क्यों चली आईं?''

''ये मैं नहीं बतला सकती। मेरी इच्छा है, दुबई जाऊँ कि लंदन जाऊँ। न्यूयॉर्क जाऊँ या कहीं और।''

''आप खरबन्दा को जानती हैं?'' हिन्दीश जी ने फिर पैंतरा बदलकर एकदम नई दिशा में सवाल उछाला।

''जी नहीं।''

''आप किसी खरबन्दा को नहीं जानतीं?''

''जी नहीं, मैं किसी खरबन्दा को नहीं जानती।''

''ये तो बड़ा आम-सा नाम है। आप किसी खरबन्दा को तो जानती होंगी?''

''याद नहीं आ रहा।''

''दुबई में तो इतने खरबन्दा नहीं होंगे?''

''पता नहीं, दुबई में कितने खरबन्दा हैं। मैं दुबई खरबन्दाओं को ढूँढ़ने नहीं आई।''

''तो दुबई क्यों आई हैं?'' हिन्दीश जी झपटे।

''रहने आई हूँ। अच्छी जगह है। प्रदूषण नहीं है। बढ़िया व्यवस्था है। जो करना चाहो, कर सकते हो। जो बिज़नेस चलाना चाहो, चला सकते हो। हिन्दुस्तान की तरह रिश्वतखोरी नहीं है। सब पाक-साफ़ है।''

''तो आप सिर्फ़ पाक-साफ़ के लिए दुबई रहने आईं?''

''जी हाँ, मैं सिर्फ़ पाक-साफ़ के लिए दुबई रहने आई हूँ।''

''आपके साथ कोई और रहता है?''

''जी हाँ, कर्मचारी लोग हैं। एक कर्मचारी ने दरवाज़ा खोला था न

आपके लिए। एक और हैं, जो खाना-वाना बनाती हैं मेरे लिए।''

''तो आपने वो बन्द कर दी बेक़ायदा एनजीओ।''

''जी हाँ, बन्द करनी पड़ी। क्योंकि जैसा मैंने बतलाया, पैसा काफ़ी तो इलाज की व्यवस्था में खर्च हो गया, बाक़ी बी.के. सपोत्रा के यहाँ फँस गया; कुछ बचा नहीं। फिर जब वहाँ राहत कोष के बारे में तहकीकात शुरू हुई तो एक-एक करके बोर्ड के सारे सदस्य भाग गए। आपने मुहावरा सुना होगा,जब जहाज़ डूबता है तो सबसे पहले चूहे भागते हैं। तो सभी इधर-उधर भाग गए। कोई बचा ही नहीं जिसके साथ मिलकर मैं काम करती। मेरा मन इतना खट्टा हो गया कि मैं दिल्ली छोड़कर दुबई आ गई।''

''तो आपके मुताबिक दामिनी का इलाज हुआ और इलाज के दौरान उसकी मृत्यु हुई?''

''जी हाँ।''

''कोई राघवन नाम का आदमी था, जिसने सोने की गिन्नी दी थी। उसका ज़िक्र इस फ़ुटेज में है और आपका यह कहना भी कि वापस दे देंगे।''

''हाँ, वो बहुत शोर मचा रहा था। पहले तो कहता था कि वो दामिनी का भाई है। उसने सोने की गिन्नी ख़ुशी-ख़ुशी दी थी। बाद में...शायद वो उसका भाई था ही नहीं। उनका कोई नाजायज़ रिश्ता था और वो अपनी पत्नी से डरकर, हमसे गिन्नी वापस माँगने लगा। तब तक गिन्नी हम बेच चुके थे और पैसा दामिनी के इलाज में खप चुका था। अगर बी.के. सपोत्रा की मृत्यु न होती और वो हमारा पैसा वापस कर देते, तो मैं गिन्नी ख़रीद कर उस कायर राघवन को दे देती।''

''तो अब आप पर किसी का कुछ बकाया नहीं है?''

''जी नहीं, बिलकुल नहीं है।''

''आपको कोई अपराध-बोध नहीं है कि राघवन की गिन्नी चली गई?''

''नहीं, मुझे क्यों अपराध-बोध होग ? मैंने तो उससे गिन्नी माँगी नहीं थी। उसने ज़बरदस्ती दी थी क्योंकि तब वो बड़ा दानवीर दीखना चाह रहा था। बाद में उसकी नीयत पलट जाए तो हम क्या कर सकते हैं?''

''तो ये सब बातें आप हमारे लिंकअप पर कहेंगी?''

''जी नहीं।''

''क्या मतलब? आप इस वक़्त अपनी मर्ज़ी से, आराम-तसल्ली से, जवाब दे रही हैं न? आप पाक-साफ़ हैं। पाक-साफ़ रहने के लिए ही दुबई आई हैं। तो आपको हमारे लिंकअप पर बात करने में क्या एतराज़ है?''

''एतराज़ ये है कि मैं नहीं जानती 'टीवी लाइव' के बारे में। मैं नहीं जानती, आप कौन हैं? मैं नहीं जानती कि उनका प्राइम टाइम पर होने वाला कार्यक्रम क्या है?''

''आप इतने साल हिन्दुस्तान में रहीं, आपने कभी यह कार्यक्रम नहीं देखा?''

''जी नहीं।''

''आप एनजीओ से सम्बन्धित रहीं हैं और यह कार्यक्रम ऐसे ही मज़मूनों, मसलों पर होता है, जिनका सम्बन्ध एनजीओस से रहता है। या उन पर रहता है जिनके साथ अन्याय हुआ हो। मगर आपने कभी नहीं देखा?''

''जी नहीं, मैं काम में व्यस्त रहती थी। मैं टीवी देखती ही नहीं। शौक़ नहीं है। इसलिए मैंने कभी नहीं देखा।''

''तो आपको यह नहीं पता कि उस पर एक कार्यक्रम शुरू हुआ था—दामिनी के नाम के राहत कोष को लेकर?''

''वो पता है। मुझे कुछ लोगों ने बतलाया था मगर मैंने देखा नहीं।''

''क्यों?''

''नहीं देखा। मुझे दिलचस्पी नहीं है टीवी के कार्यक्रमों में। मैंने आपको बतलाया था न।''

''फिर भी आपको हमारे लिंकअप में आने में क्या एतराज़ है?''

''एतराज़ कुछ नहीं है। बस, आना नहीं चाहती। कोई ज़बरदस्ती है?''

''नहीं, ज़बरदस्ती तो बिलकुल नहीं है। आप आएँगी तो हमें ख़ुशी होगी।''

''मैं नहीं आऊँगी।''

''अच्छा...मैं फिर कोशिश करूँगा। एक-दो बार आपसे और मिलूँगा।''

''नहीं होगा। मैं अब कहीं और रहने जा रही हूँ।''

''कहाँ?''

"आपसे मतलब?"

"ठीक है, न बतलाइए। मगर याद रखिए कि मैं खोजी पत्रकार हूँ। कोई ऐसी बात नहीं है जो मैं खोज नहीं सकता।"

"फिर लिंकअप की ज़रूरत क्या है? आप ख़ुद इन सवालों के जवाब खोज लीजिए।"

"बेहतर है। खोज लूँगा।" कहकर हिन्दीश जी उठ खड़े हुए।

मीरा राव ने कहा, "आपने अगर ये सब बातें रिकॉर्ड की हैं, तो कृपया रिकॉर्डर हमें दे दीजिए।"

हिन्दीश जी बोले, "आप पुलिस बुला लीजिए। वो अगर मुझसे रिकॉर्डर बरामद कर सकें तो कर लें। आप चाहें तो मैं ख़ुद दुबई पुलिस को फ़ोन किए देता हूँ।"

मीरा राव ने क्षण-भर सोचा, कहा, "नहीं, उसकी ज़रूरत नहीं है। आप बस तशरीफ़ ले जाइए।"

तो हिन्दीश जी तशरीफ़ ले गए और हिन्दुस्तान लौट आए।

प्राइम टाइम पर अगले कार्यक्रम में उन्होंने यह सारी रिकॉर्ड की हुई बातें, बतौर मीरा राव का बयान, सुना दीं। सुनाने के लिए बुलाया, एक सफ़दरजंग के डॉक्टर कृपासिंह को, दूसरे नामी एनजीओ, एतबार, के अध्यक्ष हस्तदंता को और तीसरे बुलाया, बतौर भरपाई, रात्रवन को।

मीरा राव का बयान सुनकर डॉक्टर कृपासिंह आपे से बाहर हो गया; बल्कि कहना चाहिए, कुर्सी से ही बाहर हो गया। उठकर कूदने-फाँदने लगा और बोला, "न तो दामिनी का किडनी ट्रांसप्लांट हुआ, न कोई पैसा मुझे मीरा राव से मिला। मैं किसी डोनर को नहीं जानता। अगर डोनर है तो उसका नाम मीरा राव बतलाएँ।"

मीरा राव तो वहाँ थीं नहीं कि नाम बतलातीं।

"अरे किसी को तो पता होगा कि डोनर कौन था," डॉक्टर ने कहा, "उनके बोर्ड पर जो बाक़ी के लोग थे, उनसे पूछिए। मैं ये जानना चाहता हूँ कि किसकी शह पर ये औरत हिम्मत कर रही है हमें डिफ़ेम करने की! हम उस पर केस करेंगे। कोई पैसा किसी को नहीं दिया गया हमारे अस्पताल में। डोनर ही नहीं मिला था तब तक, जब दामिनी की मौत हो गई। डोनर

ढूँढ़ा ज़रूर जा रहा था। इन....बन्दों में से...अपने को उसका रिश्तेदार बतलाने वालों में से, ये उसका भाई जो यहीं मौजूद है, और एक बहन जो यहाँ आती रही है और वो जो माँ थी, इनमें से किसी का खून और टिश्यु ही मैच नहीं करते थे दामिनी के ख़ून और टिश्यु से, जो क्रॉस मैच की नौबत आती और किडनी ट्रांसप्लांट की जा सकती। हम ताल ठोककर कह रहे हैं कि हम मीरा राव पर केस करेंगे डिफ़ेमेशन का।''

''आपका मतलब मानहानि का?'' हिन्दीश जी ने कहा, ''ठीक है, आप मुक़दमा करें। मगर याद रखिए कि वह दिल्ली में नहीं हैं, दुबई में हैं। इसलिए मुकदमा करना इतना आसान नहीं होगा।''

''ठीक है। तो आप पब्लिकली कहिए कि वो हमें डिफ़ेम कर रही हैं...हमारी वो जो आपने कहा...मानहानि कर रही हैं।''

''वो तो आप कह ही चुके हैं।''

''तो अब?''

''अब ये,'' एनजीओ के अध्यक्ष हस्तदंताजी ने बहुत ही मुलायम आवाज में कहा, ''कि वो जो कह रही हैं कि उन्होंने एक डोनर खोज लिया था और उसे पैसे भी दे दिये थे; तो उनसे पूछिए, उसका नाम क्या है? उसका अता-पता क्या है? उसको बरामद कीजिए और हमारे सामने लाइए।''

''अब उनसे पूछना तो मुश्किल है,'' हिन्दीश जी ने कहा, ''वो तो दुबई में हैं।''

''जैसे आपने बाक़ी बात की थी, ये भी कीजिए।''

''एक बार तो मैंने उनका बेवकूफ़ बनाकर रिकॉर्डिंग कर ली। दुबारा संभव नहीं होगा क्योंकि वह किसी अनाम जगह के लिए निकल गई होंगी।''

अब तक चुप बैठा राघवन फट पड़ा, ''तो आप किस बात के खोजी पत्रकार हैं? खोजिए न डोनर को। आपका तो काम ही यह है भाई। ढूँढ़कर लाइए डोनर को। पता तो लगे, उसने कितने पैसे खाए और कितने नहीं खाए। उसने नहीं खाए तो किसने खाए? तभी तो हमें चैन मिलेगा।''

''हाँ, हाँ,'' सभी ने कहा, ''डोनर को लाओ, डोनर को लाओ।''

हिन्दीश जी फँस गए। उन्होंने कहा, ''ठीक है। मैं वादा करता हूँ कि अगले कार्यक्रम में गुर्दे का तथाकथित डोनर आपके समक्ष होगा।''

हिन्दीश जी की रात-दिन की नींद हराम हो गई। कहाँ से लाएँ डोनर को, जिसे इतने ठसके के साथ पिछली कड़ी में उन्होंने कहा था कि ले आएँगे! दुबारा दुबई जाकर मीरा राव से तहकीक़ात करना वह जानते थे, नामुमकिन था। शायद दुबई में वह हों ही नहीं। होंगी भी तो इस बार वर्दीधारी उन्हें अन्दर जाने नहीं देगा। बहुत अटकल-पच्चू के बाद, उनके दिमाग़ में आया कि कहीं से एक डोनर लाकर कार्यक्रम में बिठलाना होगा। उन्होंने सोचा, इस बारे में नजमा से सलाह लेनी चाहिए। वह काफ़ी धाकड़ औरत थी। उसके पास हर राज़ की कुंजी रहती थी। नजमा क्या, नजूमी थी। तो वह सशरीर नजमा के घर पहुँचे। यों कहने को वह झुग्गी थी मगर इतने करीने से रखी गई थी कि किसी बंगले की तरह दिखलाई देती थी।

हिन्दीश जी को वहाँ देख नजमा बड़ी अदा से मुस्कुराई और बोली, "मुझे मालूम था, आप एक न एक दिन मेरे ग़रीबखाने पर ज़रूर आएँगे।"

हिन्दीश जी ने अपने गुरूर को काबू में रखा और मुस्करा दिये।

"कहिए," नजमा ने कहा।

"आपने वह कार्यक्रम तो देखा होगा जिसमें मीरा राव ने कहा है कि उन्हें गुर्दा डोनेट करने के लिए डोनर मिल गया था, दामिनी के लिए।"

"जी हाँ, देखा था। हालाँकि आपने मुझे उसमें नहीं बुलाया था, फिर भी मैंने देखा था। एक बात कहूँ, राघवन को ख़ास अक्ल है नहीं कि क्या कहना चाहिए, क्या नहीं।"

"ग़लती हो गई। आपको बुलाना चाहिए था।"

"कोई बात नहीं। मैं तो हूँ ही हमेशा हाज़िर आपकी खिदमत में।"

"यह बतलाइए, क्या आपको जानकारी है कि वह डोनर कौन था जिसके बारे में मीरा राव कह रही थीं?"

"जानकारी तो नहीं है, मगर एक-दो नाम बता सकती हूँ, जिनसे आप अगर बात करें तो शायद कुछ सुराग मिल जाए। शायद क्यों, पक्की तौर पर मिल जाएगा।"

"तो बतलाइए। मैं मालूमात करूँगा।"

"एक-दो जगह मैं भी जा सकती हूँ। मगर मेरे साथ दिक्कत यह है कि मेरे पास कोई सवारी तो है नहीं। एक स्कूटी भी होती तो यहाँ-वहाँ जाने में आसानी होती। अब ये जो मैं समाजसेवा का काम करती हूँ, सड़क

पर झाड़ू लगाने का, उसके लिए भी सुबह-सुबह घिसटना पड़ता है। स्कूटी होती, तो आराम से जाती। मगर हमारी किसको परवाह है!''

''आपको क्या कोई तकलीफ़ है पाँव में?''

''जी हाँ, देखिए, एक टाँग दूसरी से छोटी है। मगर उससे क्या? हम तो मुसलमान हैं। दलित कहें न कहें, आपकी मर्ज़ी। हमारे दुःख-तकलीफ़ से किसी को क्या वास्ता!''

''ऐसा नहीं है। मैं एक-दो एनजीओस को जानता हूँ, जो इस तरह की तकलीफ़ में कोई हो तो उसकी मदद करते हैं। आपकी भी कर सकते हैं।''

''अरे हम तो सरापा तकलीफ़ हैं। सिर से पाँव तक दर्द में डूबे हुए। हमारी मदद करने कोई क्यों आएगा? खैर, आप बड़े आदमी हैं। आपके कहने से आ भी सकता है। स्कूटी हो जाए तो झाड़ू लगाने में बड़ी सहूलियत हो जाए।''

''मैं देखता हूँ, क्या कर सकता हूँ, ''कहकर और ख़ास पता लेकर हिन्दीश जी विदा हुए।

अगला कार्यक्रम बहुत ही तामझाम के साथ तैयार किया गया। उसमें आमंत्रित लोगों की फ़ेहरिस्त काफ़ी नामचीन जनों की थी। एक तो बुलाए गए थे मेडिकल काउंसिल के चीफ, श्री रामलिंगम। एक बुलाए गए थे नामी-गिरामी वकील श्री कपोल-कल्पित। एक बुलाए गए थे, वही एनजीओ के अध्यक्ष श्री हस्तदंता। एक अपने सफ़दरजंग के डॉक्टर कृपासिंह थे ही, जो मालूम नहीं कितने नामचीन थे, कितने नहीं! और एक बुलाए गए थे बी.के. सपोत्रा के उत्तराधिकारी सुमेरू सपोत्रा। साथ में नजमा को भी बुलाया गया था। अब लोकतंत्र ठहरा। नामचीनों के साथ कुछ दलितों को भी बुलाया जाता है और कुछ औरतों को। रिवायत है अपने देश की।

तो ये सब लोग इकट्ठा थे उस दिन, जब हिन्दीश जी ने बहुत फख़्र से गर्दन ऊँची करके ऐलान किया, ''पिछली बार मैंने वायदा किया था कि दामिनी के किडनी ट्रांसप्लांट के डोनर को आपके सामने प्रस्तुत करूँगा। तो आज कर रहा हूँ...प्रस्तुत। ये रहा डोनर!'' उसके बाद कैमरा दिल्ली की गलियों में, गलियारों में, गंद-फंद के ढेरों पर होता, धीमे-धीमे आगे

बढ़ता हुआ, एक धुँधली-सी आकृति पर जा टिका। फिर आकृति धीरे-धीरे स्पष्ट हुई और सबके सामने उजागर हुआ रामलखन का चेहरा। पैनल के लोग उसे पहले सुन चुके थे या कम-से-कम उसके बारे में अखबार-वख़बार में पढ़ चुके थे। इसलिए अचानक उसे वहाँ देख अचंभित रह गए। दर्शक भी रह ही गए होंगे।

''तो ये हैं डोनर दामिनी की किडनी के, जिनका नाम है रामलखन, वगैरह-वगैरह।''

सब बातें बतलाकर हिन्दीश जी ने रामलखन से पूछा, ''क्या आप दामिनी को अपनी किडनी डोनेट कर रहे थे?''

''जी, मैं दामिनी जी को अपना गुर्दा प्रत्यारोपण के लिए दे रहा था।''

''क्या आपने मीरा राव से ऐसा कहा था?''

''जी, मीरा राव ने अपील जारी की थी कि एक गुर्दे की जरूरत है, क्योंकि दामिनी के रिश्तेदारों में से जो वहाँ मौजूद थे, किसी का गुर्दा, उसके गुर्दे के साथ मेल नहीं खा रहा था। तो मैं अपना गुर्दा देने के लिए राज़ी हो गया था।''

''क्यों?''

''क्या मतलब, क्यों? पुण्य का काम था।''

''क्या आप जानते हैं, उससे आपका कुछ नुकसान भी हो सकता था?''

''जी हाँ, जानता था।''

''फिर भी आप तैयार हो गए?''

''जी, हर पुण्य के काम में नुकसान होता ही है। वह तो पाप-कर्म होता है। जिसमें लाभ ही लाभ होता है।''

''अच्छा! तो फिर आपने कितना पैसा लिया था मीरा राव से?'' हिन्दीश जी ने पहले से तैयार छुरा भोंका।

यह सुनते ही रामलखन उछलकर खड़ा हो गया और पुरज़ोर आवाज़ में बोला, ''मेरा अपमान करने की आपकी हिम्मत कैसे हुई? मैं आपको पहले भी बतला चुका हूँ कि मैं कोई अनैतिक काम नहीं करता।''

''मैंने आप पर लांछन नहीं लगाया, प्रश्न पूछा है। तो क्या आपने पैसे नहीं लिये?''

''बिलकुल नहीं।''

''समझ नहीं आ रहा कि बिना पैसे यों ही आप राज़ी क्यों हो गए?''

''मैं पहले ही कह चुका हूँ कि पुण्य का काम था।''

''ऐसा तो नहीं है कि आप दामिनी के रिश्तेदार हों?''

''जी हाँ।''

''जी हाँ, मतलब?''

''जी हाँ, मैं उसका रिश्तेदार हूँ।''

''आपने पहले बतलाया नहीं।''

''आपने भी नहीं बतलाया।''

''मैंने? मैंने क्या नहीं बतलाया?''

''यह कि आप उसके रिश्तेदार हैं।''

''मैं तो उसका रिश्तेदार नहीं हूँ।''

''कैसे नहीं हैं? यहाँ बैठे तमाम लोग, दिल्ली शहर के तमाम लोग, भारत के तमाम लोग, विश्व के तमाम लोग, दामिनी के रिश्तेदार हैं। वसुधैव कुटुम्बकम।'' उसने मीरा राव से भी ज़्यादा बोध-प्राप्त मुद्रा में ये शब्द उचारे।

''ओह, वसुधैव कुटुम्बकम!''

''अगर आप इसे नहीं मानते तो आप भारतीय नहीं हैं। अगर आप भारतीय नहीं हैं तो भारत के टीवी के लिए आपको कार्यक्रम करने का, मैं क्षमायाचना के साथ कहता हूँ, कोई अधिकार नहीं है।''

''मैं मानता हूँ आपकी बात। साधु, साधु,'' हिन्दीश जी ने कहा।

''ये बतलाइए...क्या मैं एक सवाल पूछ सकता हूँ?'' मेडिकल काउंसिल के चीफ़ रामलिंगम ने कहा।

''जी, पूछिए।''

''अगर इन्हें पैसा नहीं दिया गया, तो क्या सफ़दरजंग हॉस्पिटल के डॉक्टर को पैसा दिया गया था?''

डॉक्टर कृपासिंह ज़ोर से चिल्लाया, ''बिलकुल नहीं, मैं पहले ही कह चुका हूँ। पूछिए हिन्दीश जी से।''

''रामलखन जी, आप बतलाइए। आपके ख़याल से क्या सफ़दरजंग हॉस्पिटल के डॉक्टरों को पैसा दिया गया था?''

''उन्हें क्यों पैसा देंगे? ऑपरेशन से पहले पैसा दें, ऐसा बेवकूफ़ तो कोई नहीं होता।''

"नहीं, नहीं, वैसे नहीं। मेरा मतलब, क्योंकि आप उनके खून के रिश्तेदार नहीं हैं, सिर्फ़ वसुधा के माध्यम से रिश्तेदार हैं, तो उन्हें मनाने के लिए कि आपकी किडनी ले लें, क्या उन्हें पैसे दिये गए थे?"

"जी नहीं।"

"आप इतने विश्वास के साथ कैसे कह सकते हैं कि नहीं दिये गए?"

"क्योंकि मीरा राव, जहाँ तक सम्भव होता था, किसी को पैसा नहीं देती थीं। समाजसेवा का जो काम किया जाता था, वह चंदा इकट्ठा करके किया जाता था। और उस चंदे से ही उसकी भरपाई होती थी। अपनी तरफ़ से किसी को पैसा देने की उनकी आदत नहीं थी। इतना ही मैं कह सकता हूँ। बाक़ी तो डॉक्टर ही बतला सकते हैं। मगर जैसा मैंने कहा, मैं रिश्तेदार ही हूँ। अगर राघवन और रत्नाबाई और नजमा उसके रिश्तेदार हो सकते हैं तो मैं क्यों नहीं?"

इस बात पर नजमा साधु-साधु कह उठी। कोई उसे रोक नहीं पाया। आप समझ सकते हैं, किसी मुसलमान को साधु-साधु कहने से रोकना कितना कठिन काम है, हमारे सेक्युलर देश में, वह भी पब्लिक में।

उसके बाद अचानक वकील साहब हरकत में आ गए। उन्होंने कहा, "अच्छा, छोड़िए ये बातें। मान लेते हैं कि पैसा नहीं दिया गया। अब ये तो पता चले कि रिलीफ़ फ़ंड में जो एक करोड़ रुपया इकट्ठा किया गया था, वो है कहाँ? किसके पास है? मीरा राव कहती हैं, उनके पास नहीं हैं तो बतलाएँ, किसके पास हैं?"

"हाँ, यह पता लगाना ज़रूरी है," हिन्दीश जी ने कहा, "उससे जुड़ी एक बात और है। वह भी यहाँ आपके समक्ष रखना चाहता हूँ। आपने उनके बयान में सुना होगा कि उन्होंने बी.के. सपोत्रा के व्यवसाय में काफ़ी पूँजी निवेश की थी। यह उनका कहना है। हम किसी की बात को जस-का-तस मान नहीं रहे। हम सिर्फ़ कह रहे हैं कि उन्होंने ऐसा कहा है। हमने बी.के. सपोत्रा के उत्तराधिकारी को यहाँ बुलाया है, क्योंकि मीरा राव का कहना है कि उनके उत्तराधिकारी ने वह पैसा उन्हें लौटाने से इनकार कर दिया है।"

इसके साथ ही जूनियर सपोत्रा वहाँ प्रकट हुए। उनसे हिन्दीश जी ने पूछा, "क्या आप बी.के. सपोत्रा के उत्तराधिकारी हैं?"

"जी, मुझे कुछ पता नहीं।"

"आपको पता नहीं कि आप उनके सक्सेसर हैं कि नहीं हैं?"

"जी, वो तो हूँ।"

"आपके पिता के बिज़नेस में जो पूँजी निवेश की गई थी, उसके बारे में आपको मालूमात है?"

"क्या की गई थी?"

"इन्वेस्ट की गई थी जनाब, और क्या!"

"जी हाँ।"

"वो सब आपके पास है?"

"जी हाँ।"

"क्या उसमें मीरा राव का भी कुछ पैसा है?"

"जी नहीं।"

"वह तो कहती हैं कि उन्होंने उसमें काफ़ी पूँजी निवेश की थी?"

"जी, मुझे उसकी इन्फ़र्मेशन नहीं है। जो लिखित डॉक्युमेंट्स हैं, उन्हीं के बारे में मैं जानता हूँ। कोई सीक्रेट बात मेरे स्वर्गवासी पिता की किसी से हुई हो तो उसके बारे में मुझे नहीं मालूम।"

"मगर उनका कहना है कि आपके पिता बहुत पूँजी लगवाते थे अपने व्यवसाय में और उस पर तगड़ा ब्याज़ देते थे। क्या यह सच है?"

"मुझे पता नहीं है।"

"क्या उनके पास काफ़ी पैसा जमा था?"

"मुझे पता नहीं है।"

"इस समय उनकी या आपकी जायदाद और पैसों की रकम कितनी होगी?"

"क्यों बतलाऊँ? आपके पास कोई वारंट है पूछ ताछ के लिए? मैं सरेआम इसका खुलासा क्यों करूँ? कल को चोर-उचक्के मेरे घर पर धावा बोल दें तो?"

"वकील साहब यहाँ बैठे हैं। उनसे पूछा जाए। कपोल-कल्पित जी, बतलाइए, हमें इनसे यह पूछने का अधिकार है या नहीं?"

"बिलकुल नहीं है। यह अधिकार सिर्फ़ अदालत को है कि इनसे कहे कि अपने एसेट्स दिखलाएँ।"

"हम कोशिश करेंगे कि अदालत के माध्यम से हम मालूम करें कि इनकी सकल संपत्ति कितनी है।"

"उससे क्या होगा?" उत्तराधिकारी यानी जूनियर सपोत्रा चीखे, "मेरे

एसेट्स पता करने से आपको क्या हासिल होगा? मीरा राव ने कोई पैसा मेरे पिता के पास नहीं रखवाया और रखवाया होगा भी तो वापस ले लिया होगा। इस सबका ब्यौरा आपको कहाँ से मिलेगा, बतलाइए मुझे। मुँहज़बानी ट्रांज़क्शंस...मतलब...लेन-देन का कोई ब्यौरा नहीं होता। उस सबका आपको पता चलने वाला है नहीं। यूँ ही कूद-फाँद करने का क्या फ़ायदा।''

''यह पैसा हो ना हो, राहत कोष का पैसा तो है न, जिसके बारे में हमें पता करना है! तो उसके बारे में ही पता करें।'' रामलिंगम साहब ने जोड़ा।

''मैं कुछ कहूँ?'' नजमा ने कहा।

''हाँ,'' हिन्दीश जी ने कहा, ''ज़रूर कहें। फिर कोई राज़ की बात बतलाने जा रही हैं? लोग ध्यान से सुनें।''

''नहीं, राज़ की बात नहीं है। जो सब जानते हैं, वही कहने जा रही हूँ।''

''अच्छा! क्या?''

''यही कि जो पैसा मीरा राव के पास था, राहत कोष का, वो किसी स्विस बैंक में रखा है।''

''उसकी जानकारी आपको है?''

''अरे, इसमें न जानकारी होने की क्या बात है? ये जानकारी सबको है। हर आम हिन्दुस्तानी को है। मैं एक आम हिन्दुस्तानी हूँ इसलिए मुझे ये जानकारी है कि जो भी पैसा ग़ायब करना होता है, या नाजायज़ तरीक़े से इकट्ठा किया जाता है, वो सब स्विस बैंक में रखा जाता है।''

''बात तो ठीक है,'' वकील साहब बोले।

मेडिकल चीफ़ बोले, ''बात तो ठीक है।''

''बात जो आप कह रही हैं, उसमें वज़न है,'' डॉ. कृपासिंह बोले।

एनजीओ के अध्यक्ष हस्तदंता बोले, ''अरे, वो सब तो ठीक है, मगर स्विस बैंक में जो पैसा रखा है, उसके बारे में जानकारी लेनी चाहिए कि नहीं? सरकार का फ़र्ज़ है कि नहीं? ये जानकारी हमें मिलनी चाहिए कि नहीं? इन सब मसलों पर बात होनी चाहिए।''

''बिलकुल ठीक कह रहे हैं आप लोग। मगर समय पूरा हो गया है। मैं बहुत खेद के साथ यह कार्यक्रम ख़त्म करता हूँ। अगली कड़ी में हम इस बारे में चर्चा करेंगे कि यह जो पैसा है, वह कहाँ है और उसे बरामद करने का क्या तरीका है।''

अगली कड़ी में सबसे पहले जो चेहरा स्क्रीन पर उभरा, वह नजमा का था। जो वक्तव्य हमेशा हिन्दीश जी दिया करते थे शुरू में, वह नजमा ने दिया। उसने खुलूस से खनकती आवाज़ में निहायत तमीज़-तहज़ीब से कहा, ''देखिए हमारे मुल्क का हाल। यहाँ पर कुछ लोग इतने अमीर हैं कि उनका पैसा मुल्क के भीतर नहीं समाता। वो उसे ले जाकर स्विस बैंक में रख देते हैं। स्विस बैंक, आपने सुना होगा, वो जहाँ के खाते गोपनीय होते हैं। उनके बारे में किसी को जानकारी नहीं दी जाती। तो हम नहीं जानते, किसके पास कितना पैसा है, और उसने कितना पैसा स्विस बैंक में दबा रखा है। दूसरी तरफ़ हम जैसे लोग हैं....''

कैमरा देर तक नजमा पर टिका रहा। सिर से पैर तक और पैर से सिर तक घूमा। नजमा कहती गई, ''...हम जैसे लोग हैं, जिनके पास अपने घर से काम तक जाने के लिए एक सवारी भी नहीं है। चाहे वो अपाहिज हों, विकलांग हों, बूढ़े हों, बीमार हों, कोई फ़र्क़ नहीं पड़ता। ये बड़े दुःख की बात है। अब मुझे ही देखिए; मैं समाजसेवा करती हूँ, मगर इसके बावजूद कि मैं विकलांग हूँ, मेरे पास एक स्कूटी तक नहीं है। क्या कोई समाजसेवी संस्था मेरी मदद कर सकती है? या समाजसेवी संस्थाएँ भी अपना पैसा स्विस बैंक में रखती हैं?''

''नहीं-नहीं, समाजसेवी संस्थाओं पर इल्ज़ाम मत लगाइए,'' हिन्दीश जी ने कहा। ''यहाँ एतबार एनजीओ के अध्यक्ष, हस्तदंता जी बैठे हैं। मैं उनसे पूछता हूँ, क्या आप अपना पैसा स्विस बैंक में रखते हैं?''

''क्या बात कर रहे हैं, हिन्दीश जी, हमारे पास पैसा होता कहाँ है? जो पैसा आता है, यानी लोग जो डोनेशन...दान देते हैं, सब समाजसेवा में लग जाता है।''

''क्या उसके अन्तर्गत एक विकलांग की मदद भी सम्मिलित है?'' हिन्दीश जी ने थोड़े तंज़ से पूछा।

''जी हाँ, बिलकुल। विकलांग की मदद तो हमारा फ़र्स्ट एंड फ़ोर्मोस्ट धर्म है।''

''सर्वोपरि धर्म,'' हिन्दीश जी ने टोका।

''जी वही, बिलकुल वही,'' हस्तदंता जी ने तत्काल अनुमोदन किया।

''मैं नहीं मानती,'' नजमा ने कहा।

''क्यों? आप ऐसा क्यों कह रही हैं?''

"अच्छा, आप मुझे बतलाइए, क्या आप मुझे एक स्कूटी दिलवाएँगे?"

"क्यों दिलवाएँ आपको स्कूटी? आप बतलाइए तो हम सोचेंगे।"

"देखिए, मैं विकलांग हूँ। एक टाँग मेरी दूसरी टाँग से छोटी है। चलने में बहुत दिक्कत होती है। और रोज़ सुबह मैं, अलस्सुबह, मुँह अँधेरे, आपकी सड़कों पर, पब्लिक की सड़कों पर, सरकार की बनाई सड़कों पर झाड़ू देने जाती हूँ। मगर मेरे पास कोई सवारी नहीं है। अगर मेरे पास एक स्कूटी होती, तो सोचिए, मैं कितने इत्मीनान से सड़क तक पहुँचती, और मेरी झाड़ू-बुहारू कितनी बेहतर हो पाती!"

"बात तो आपकी बिलकुल वाजिब है, और हम आपको स्कूटी दिलवाने की पेशकश करेंगे। आपको क्यों, आप जैसे और केस सामने आते हैं, तो उन्हें भी हम स्कूटी दिलवाएँगे।"

"देख लीजिए, ये आप जो कह रहे हैं, वो पब्लिक में कह रहे हैं। ये पब्लिक है, सब जानती है। आप इससे मुकर गए तो?"

"हम कोई वादा नहीं कर रहे। मुकरने का सवाल ही पैदा नहीं होता। हम कह रहे हैं कि जो भी डिज़र्विंग केस होगा, उस पर हम सोचेंगे। उसमें आपका केस भी शामिल है। जो-जो हमें लगेगा कि स्कूटी रियली डिज़र्व करता है, हम उसे जरूर दिलवाएँगे।"

"आपका मतलब है, आप हर सुपात्र को स्कूटी दिलवाने का प्रयास करेंगे?"

"जी, बिलकुल, वही! अब आपकी तरह हम हर बात इतना क्लियरली कहाँ कह पाते हैं हिन्दीश जी। आप ठहरे नामी पत्रकार!"

"हिन्दी बोलने की आदत डालिए, साहब, और कुछ नहीं। अब जो स्कूटी के लिए अर्ज़ी देंगे, वे भी तो आपकी बात समझ सकें न। ख़ैर, आपको कुछ और कहना है नजमा जी?"

"जी, मैं इजाज़त लूँगी। हमेशा की तरह अब हिन्दीश जी आपसे मुखातिब होंगे।"

इस पर अध्यक्ष जी हँसे और बोले, "अरे नजमा जी! आप बहुत महान हैं जो इस तरह समाजसेवा करती हैं। आपको तो हिन्दीश जी के साथ 'टीवी लाइव' का प्रोड्यूसर होना चाहिए था। उसे छोड़ आप झाड़ू लगाती हैं सड़कों पर, आप सचमुच महान हैं!"

कैमरा उसी वक़्त हिन्दीश जी की तरफ़ घूम गया। चालाकी की कैमरामैन ने और उनका स्तब्ध, लटका हुआ चेहरा सबको दिखलाई दे गया। मगर वह ठहरे पक्के खिलाड़ी। फ़ौरन चेहरे पर एक बेहद सुशील-सौम्य मुस्कुराहट चिपकाई और कैमरामैन को ज़बरन उनका वह शालीन चेहरा दर्शकों को दिखलाना पड़ा।

"शुक्रिया," नजमा ने कहा, "तो फिर हम सब अपना केस लेकर आपके पास पहुँचें?"

"हाँ, ज़रूर," कहकर हस्तदंता जी ने एक शरबती मुस्कुराहट कैमरे की तरफ फेंकी।

कैमरा जब हिन्दीश जी की तरफ मुड़ गया तब नजमा और अध्यक्ष जी ने एक-दूसरे को आँख मारी कि भाड़ में गए केस बाक़ी के, नजमा के अलावा, और भाड़ में गई समाजसेवा। बरकरार रही नजमा की स्कूटी। क्योंकि बात इसमें राज़ की कुछ और थी।

मगर अब स्क्रीन पर हिन्दीश जी जलवा अफरोज़ थे, नेताई सुर में उचार रहे थे, "हमारा देश एक लोकतांत्रिक देश है। यह आप सभी जानते हैं। उसकी इससे बड़ी मिसाल क्या हो सकती है कि 'टीवी लाइव' के प्राइम टाइम पर एक आम नागरिक, पत्रकार की तरह आपके सामने पेश हुआ। और उसने एक आला प्रोड्यूसर की भूमिका निभाई। अब मैं इस कार्यक्रम को उन्हीं के मार्गदर्शन पर आगे बढ़ाता हूँ। एक तरफ़ आपने देखा कि हमारे यहाँ ऐसे ग़रीब-गुरबा लोग हैं, जो टूटी टाँग घसीटते हुए आपकी सेवा करते हैं और दूसरी तरफ़ वह बड़े-बड़े उद्योगपति, अफ़सर आदि हैं, जो काला धन जमा करके स्विस बैंकों में रखते हैं। हम अगली किसी कड़ी में इसी संजीदा मसले पर बहस करेंगे।"

नजमा के स्कूटी प्राप्त करने के पीछे जो राज़ था, वह अगली कड़ी में खुला। स्विस बैंकों पर बात करने से पहले हिन्दीश जी ने कहा, "अब नजमा आपको एक और राज़ की बात बतलाएँगी।"

नजमा ने कहा, "आप सब लोग उस आरटीआई के बारे में भूल चुके हैं, जो बेक़ायदा एनजीओ की अध्यक्ष, मीरा राव ने भेजने का वादा किया था। एफ़-655 नम्बर के मकान के बनाए जाने की परमीशन लेटर के बारे

में, कि उसकी कॉपी हमें चाहिए। हिन्दीश जी भी शायद भूल गए हैं, या शायद न भूले हों क्योंकि दुनिया जानती है कि हिन्दीश जी कभी कुछ नहीं भूलते। मगर मैं यह बतलाना चाहती हूँ कि इस दौरान, मैंने डाकिए भइया की मदद से, आरटीआई भेज दी थी। एमसीडी के सेंट्रल ज़ोन को, जो उसने मुझे बतलाया कि हमारे इलाके को देखती है। आरटीआई भेजी गई डाक से, समय लगा। वहाँ उन्होंने तहकीकात की होगी। वक़्त लगा। फिर वो दोबारा डाक से आई मेरे पास, समय लगा। तो कुल मिलाकर काफ़ी समय लग गया। और सच बताऊँ आपको, आरटीआई भेजने में भी काफ़ी समय लग गया था, क्योंकि बहुत देर बाद मेरे दिमाग़ में चमका कि भइया, इन बड़े लोगों को छोड़ और ख़ुद जाकर डकिये की मदद ले; उसे तो तू जानती ही है; हम छोटे लोग, सब बिरादर होते हैं एक-दूसरे के। तो तू ख़ुद ही आरटीआई डलवा ले उससे। तो वहीं मैंने किया। समय लगा। तो इस सबको देखते हुए कहना होगा कि काफ़ी तुरत-फुरत, महज़ एक-डेढ़ साल में, एमसीडी वालों ने अर्ज़ी पर कार्रवाई की और मुझे जवाब लिखा। तो साहब जवाब में ये लिखा है कि ऐसी कोई परमीशन लेटर कभी बी.के. सपोत्रा को दी ही नहीं गई यानी ये मकान बिना परमीशन ही बन गया।''

सुमेरू सपोत्रा उस समय वहाँ उपस्थित नहीं थे, क्योंकि यह विस्फोट होने के बाद ही उन्हें दिखलाया जाना था। हिन्दीश जी ने उन्हें रिज़र्व में रखा हुआ था। जैसे ही नजमा ने अपनी बात कही, झट उनका चेहरा स्क्रीन पर प्रकट हो गया। क्योंकि वह जो वीडियो क्रांफ्रेंस-वांफ्रेंस होती है न, उसके ज़रिए वह फ़ौरन जिसको चाहे, प्रकट कर देते हैं। तो सुमेरू सपोत्रा बड़बड़ाते हुए प्रकट हुए। बड़बड़ाते हुए क्या, हकलाते हुए, गुस्से से फनफनाते हुए, इस क़दर कि उनकी आवाज़ रुँधी हुई थी और काफ़ी देर तक दर्शकों को समझ नहीं आया कि वह क्या कहने की कोशिश कर रहे थे। फिर सुनाई दिया, ''बकवास! बकवास! बकवास!''

वह यह कहते ही चले जा रहे थे कि हिन्दीश जी ने टोका, ''वह तो हो गया, आप कितनी बार इस शब्द का प्रयोग करेंगे? अब कृपचा आगे बढ़ें और बतलाएँ कि यह बकवास क्यों है?''

सुमेरू सपोत्रा ने कहा, ''इसलिए क्योंकि मकान तो आप देख ही रहे हैं कि बनकर पूरा हो चुका। तो परमीशन लेटर नहीं है, ये वो गधे अब कैसे कह सकते हैं?''

"देखिए, सरकार को गाली मत दीजिए।"

"सॉरी, सॉरी, वो, वो अफ़सर...वो, वो, ब्योरेक्रेट, कैसे कह सकते हैं कि कोई परमीशन लेटर नहीं था? नहीं होता तो मकान बनता कैसे और बनने पर कैसे हमें लेटर ऑफ़ कम्प्लीशन मिलता? हमें कम्प्लीशन सर्टीफ़िकेट मिल चुका है। हम मकान की अलग-अलग मंज़िलें बेच भी चुके हैं। अब आप कहते फिरें, परमीशन लेटर नहीं मिला...कोई सड़क छाप, झाड़ू छाप औरत, सड़क-झाड़ू छाप औरत उठकर कह दे कि परमीशन लेटर नहीं मिला तो आप बिलीव कर लेंगे?"

"बिलीव? नहीं जी, हम उनका विश्वास नहीं कर रहे। उनके पास वो चिट्ठी है, जो आरटीआई के जवाब में एमसीडी ने भेजी है।"

"अरे भाड़ में गया आरटीआई और भाड़ में गया एमसीडी और भाड़ में गई आपकी चिट्ठी। आप जानते हैं न, यहाँ सब काम फर्ज़ी होता है; रिश्वत से होता है। अरे किसी को रिश्वत दो, और आरटीआई के जवाब में कुछ भी लिखवा लो।"

"ऐसा नहीं है," हिन्दीश जी ने कहा, "सभी जानते हैं, आरटीआई बहुत ही सक्षम, क्या कहते हैं अंग्रेज़ी में, चारों दिशाओं से वायुरुद्ध क़ानून है। यह पहला क़ानून है जिसके दाँत हैं। वह हस्तदंता नहीं है," कहकर वह हँसे और हस्तदंताजी की तरफ़ देखकर बोले, "क्यों हस्तदंता जी, मैंने ठीक कहा?"

"जी, बिलकुल ठीक। मगर याद रखिए, जो हस्तदंता होता है, वो सिर्फ़ दिखाने के नहीं, काटने के दाँत भी रखता है। उसके पास तामझाम भी होता है और काटने की ताकत भी।"

"ठीक कह रहे हैं आप, वो हस्तदंता ही होते हैं। तो उन्होंने जो लिखा है, वो सही होगा?"

"होगा! तो? क्या कीजिएगा आप? मेरे कम्प्लीशन सर्टीफ़िकेट के सामने परमीशन लेटर का क्या स्टेटस? क्या करूँ उसका? अचार डालूँ या फ़्रेम करवाके टाँगू अपने घर में?"

बात सबकी समझ में आई। वाकई मकान बन लिया था, ऊपर से बी.के. सपोत्रा मर भी चुके थे। अब जो मर चुका है, उसके खिलाफ़ आप अदालत में कार्यवाही कैसे करोगे भाई? उसके खिलाफ़ अपील कैसे डालोगे? उस पर मुकदमा कैसे चलाओगे?

सुमेरू सपोत्रा ने आगे कहा, "मेरा तो इसमें कोई दखल ही नहीं था। मेरे स्वर्गवासी पिता ने क्या किया, मुझे कुछ नहीं मालूम। मैं तो बस ये जानता हूँ कि मेरे पास कम्प्लीशन सर्टीफ़िकेट है। घर के अलग–अलग तल्ले मैं बेच चुका। आप जाइए और ख़रीदारों से, उनके नए मालिकों से बात कीजिए। मुझे इससे छुटकारा मिल चुका। आई एम रिड ऑफ़ इट...मैं इससे मुक्त हो चुका हूँ, पूर्ण निवृत!" उसने हिन्दीश जी की नकल करते हुए कहा।

बन्धुवर, आप लोग जानना चाहते हैं कि बिना क़ानूनी पचड़ों में पड़े, मकान कैसे बनवाया जाए। तो बहुत सीधा–सादा रास्ता मैं आपको बतलाता हूँ। करना यह चाहिए कि चाहे अनुमति–पत्र मिले या न मिले, आप धड़ल्ले से मकान बनवा डालिए। मगर याद रखिए कि जब मकान पूरा हो जाएगा तो आपको मरना पड़ेगा। जब आप मर जाएँगे तो आपके उत्तराधिकारी पर आपके अवैध कर्मों का कोई उत्तरदायित्व नहीं होगा। मकान ख़त्म होने पर वह समाप्ति दस्तावेज़ लेकर, आराम–तसल्ली से, जो चाहे कर सकेगा। यह बहुत ही सीधी–सी प्रक्रिया है। आख़िर मरना तो सबको एक दिन है ही। आप बिना मकान बनवाए मरें, इससे तो बेहतर है न कि मकान बनवाकर मरें। इसे चाहे मृत्यु कहें, चाहे निर्वाण कहें, चाहे मोक्ष या चाहें तो प्रायोजित आत्महत्या कह लें।

ये शब्द रामलखन ने कहे थे, पर बदक़िस्मती से टीवी के प्राइम टाइम पर नहीं, क्योंकि पहली बार के बाद, हिन्दीश जी ने कार्यक्रम में उसे आमंत्रित ही नहीं किया। क्यों नहीं किया,आप सुजान हैं, बिला कहे समझ सकते हैं। आखिर रश्क, हसद, जलन, ईर्ष्या वगैरह आप ख़ुद महसूस कर चुके हैं न। प्रेम यदा–कदा होता है, ईर्ष्या सदा रहती है, यही जीवन का सनातन सत्य है। मगर उसके टीवी पर न बोलने से ख़ास फ़र्क़ नहीं पड़ा। टीवी पर दो बार अवतरित होने और चमत्कारिक बयान देने के बाद, अपने मोहल्ले में रामलखन का रुतबा, स्थानीय म्यूनिसिपल कमीशनर से बड़ा हो गया था। लोग उसकी बात सुनने के लिए उसी तरह दौड़े चले आते थे, जैसे किसी संत–महात्मा या जीवित भगवान को सुनने आते हैं। उसे अपने घर के आगे कुर्सी पर बैठ, ध्यानस्थ होने की देर थी कि आस–पास के लोग वहाँ

इकट्ठा होने लगते। आस-पास ही क्यों, पड़ोस के मोहल्लों के लोग भी, जब देखते कि मजमा जम रहा है, चले आते। आप जानते ही हैं, अपने मुल्क में मुँह से कान तक और कान से मुँह तक होते हुए, कही बात लाखों तक पहुँचती है। टीवी की उसके सामने कुछ बिसात नहीं है। ऐसे ही थोड़ा अपने महात्मा गांधी; बिला रेडियो-वेडियो पर बोले, करोड़ों लोगों तक पहुँच लेते थे! ब्रितानी सरकार के अफ़सर सोचते रह जाते थे कि भइया, कही तो बात गांधी ने वर्धा में तो कलकत्तावासियों को कैसे सुनाई दे गई?

जिन दिनों ये छिटपुट कार्यक्रम हो रहे थे, उन्हीं दिनों लोगों की चिट्ठियों की झड़ी लग गई कि ये क्या बेकार की बातें दिखला रहे हैं आप! असल बात पर आइए कि स्विस बैंक में जो काला धन ले जाकर रख दिया गया है, उसे देश में कब और कैसे वापस लाया जाएगा? उस पर चर्चा कीजिए, बहस करवाइए।

तो जब हिन्दीश जी ने कुछ दिन इन्तज़ार करने के बाद, तय पाया कि लोगों की दिलचस्पी इस कार्यक्रम में अपनी पराकाष्टा पर पहुँच चुकी है और उसके माध्यम से टीआरपी में ज़बरदस्त उछाल अपेक्षित है तो उन्होंने अगली कड़ी में, बड़े-बड़े धाकड़ लोग बुलाए। वही, अलग-अलग राजनीतिक पार्टियों के नुमाइन्दे। क, ख, ग, घ पार्टियों के। अब भइया, उनके पूरे नाम तो हम आपको बतलाएँगे नहीं। कौन जाने, किसकी भावनाओं को ठेस पहुँच जाए! कौन लाठियाँ लेकर हमारे घर पर धावा बोल दे! भुक्तभोगी हैं, इन बातों से अब हम दूर ही रहते हैं। बहुत भुगत चुके; हर बार हम ही क्यों भुगतें?

ख़ैर कार्यक्रम शुरू हुआ और हिन्दीश जी ने अपना वक्तव्य दिया। जैसे वह हमेशा देते थे। कहा, "अब मैं आप नामचीन हस्तियों से बारी-बारी से सवाल पूछूँगा। मेरा विनम्र अनुरोध है कि जब एक आदमी बोल रहा हो तो दूसरा न बोले और अपनी बारी आने पर जब बोले तो शालीनता बरते।"

यह कहना इसलिए ज़रूरी था कि इस बार वहाँ आम जन नहीं, राजनीतिक पार्टियों के नुमाइन्दे बैठे थे। और आप जानो, उन्हें आदत होती

है, संसद में एक-दूसरे की बात काटकर चीख़ने-चिल्लाने की, जूतम-पैजार करने की। उन्हें ये सब बातें बतलानी पड़ती हैं।

सबसे पहले हिन्दीश जी ने कहा, "हाँ, तो क जी..."

पर इससे पहले कि वह सवाल पूछते, क पार्टी के नुमाइन्दे फट पड़े, "स्विस बैंक में जो काला धन आप बतला रहे हैं कि जमा है, वो तो सब जानते हैं। हमारी पार्टी के नेता ऐलान कर चुके हैं कि वो ये काला धन देश में वापस लाएँगे। वो इसके लिए कृतसंकल्प हैं। मुझे नहीं मालूम, इसमें बहस की गुंजाइश कहाँ है! आप जानते ही हैं कि जब ग पार्टी सत्ता में थी, सबसे ज़्यादा काला धन स्विस बैंकों में तभी जमा हुआ था और..."

ग पार्टी के नुमाइन्दे बात काटकर बोले, "अब क्या हो रहा है! ये जो आपके सारे इंडस्ट्रियलिस्ट हैं, जिनको आप बहुत बढ़ावा देते घूमते हैं, और जो सारे आपकी पार्टी के लोग हैं, और आपके तमाम सपोरटर्स हैं, वो सब काला धन स्विस बैंकों में जमा कर रहे हैं कि नहीं? हमारे ज़माने में जो हुआ था..."

"व्हॉट नॉनसेन्स यू आर टॉकिंग? जब ये पार्टी सत्ता में आई है, जब वो पार्टी सत्ता में थी," ख पार्टी के नुमाइन्दे बीच में टपके, "यू आर ऑल द सेम। पावर करप्ट्स; एब्सोल्यूट पावर करप्ट्स एब्सोल्यूटली। व्हेन ग पार्टी वॉज़ इन पावर इट हेड एब्सोल्यूट पावर।"

हिन्दीश जी ने टोका, "जी, आप किसकी बात कर रहे हैं, सत्ता की या अधिकार की?"

"मैं बात कर रहा हूँ पावर की। आप पता नहीं क्या बोल रहे हैं बीच में।"

"ये जो सब चल रहा था, इसीलिए चल रहा था। काला धन इसलिए जमा हो रहा था स्विस बैंकों में क्योंकि किसी के ऊपर किसी क़िस्म का...वो....नहीं था।"

हिन्दीश जी ने रिक्त स्थान की पूर्ति की, "जी, अंकुश नहीं था।"

"जब वो नहीं होता तो जो पावर होती है, आदमी के पास, वो एब्सोल्यूट हो जाती है।"

"जी हाँ, उसके पास जो शक्ति होती है, वह निस्सीम हो जाती है, उस पर किसी क़िस्म का अंकुश नहीं रहता।"

"जी हाँ, जी हाँ, वही। और जब वो होता है, तो वो बिलकुल करप्ट हो जाता है। क्या हो जाता है आदमी?"

"जी, भ्रष्ट हो जाता है।"

"जी हाँ, वही, आदमी करप्ट हो जाता है। तो वही करप्शन तब चल रहा था और अब..."

बात पूरी होने से पहले ग झल्लाकर बोले, "तो अब क्या चल रहा है? अब जो चल रहा है, वो क्या है भाई? उसका नाम क्या है? करप्शन है? भ्रष्टाचार है? या कुछ और है?"

क दाँत पीसकर किचकिचाए, "आप जानते नहीं क्या, हमारे मान्यवर प्रधानमंत्री इससे कितने परेशान हैं? देश के गौरव, जनता के परमपूज्य प्रधानमंत्री ने कितनी बार कहा है, सिर्फ़ देश में नहीं कहा, विदेश में भी जाकर कहा है कि ये जो सारा मामला काले धन का है, इससे हमारी सुरक्षा को खतरा है।"

"हाँ, तो इसमें कौन-सी बड़ी बात है? सिक्योरिटी इज़ ऑलवेज़ थ्रेटंड बाय ब्लैक मनी," ग ने एतराज़ किया, ऊँची आवाज़ में।

हिन्दीश जी ने कहा, "जी हाँ। सुरक्षा को तो हमेशा काले धन से खतरा रहता ही है। तो आप सब सहमत हैं कि स्विस बैंकों से काला धन देश में वापस आना चाहिए?"

"येस, येस," सबने कहा।

फिर जो अब तक चुप थे, घ पार्टी के नुमाइन्दे, उन्होंने तंज़-भरा वार किया, "वाह-वाह, ये तो बड़े मज़े की बात है! लाना चाहिए, लाना चाहिए, लाना चाहिए। जो पार्टी सत्ता में आती है, जो देश का प्रधानमंत्री बनता है, वो यही कहता है। प्रधानमंत्री क्या, मंत्री, संत्री सब यही कहते हैं। अरे भइया, लाना तो चाहिए। हम जानना चाहते हैं कि कैसे लाओगे? क्या क़दम उठाओगे, ये तो पता चले। चाहिए, चाहिए, ये तो सभी को पता है कि भई, क्या-क्या होना चाहिए। हर आदमी को रोटी, कपड़ा, मकान मिलना चाहिए। हर आदमी के पास रोज़गार होना चाहिए। हर बच्चे को शिक्षा मिलनी चाहिए। हर मोहल्ले में स्कूल होना चाहिए। डिसपेंसरी होनी चाहिए।"

"और शौचालय?" क चिल्लाए, "सबसे महत्त्वपूर्ण है शौचालय! हर मोहल्ले में शौचालय होना चाहिए। सड़कों पर कूड़े के ढेर नहीं सड़ने

चाहिए। बीमारियाँ नहीं फैलनी चाहिए। पहली प्राथमिकता है स्वच्छता की और उसमें सर्वोपरि हैं शौचालय! समझे न आप कि..."

ग ने उपहास में ठहाका बुलन्द किया, "आप स्विस बैंक से काला धन वापस लाएँगे तो उससे झाड़ू खरीदिएगा? या शौचालय बनवाइएगा काले धन से?"

"क्यों नहीं बनवाएँगे?" क चिचियाए, "ज़रूर बनवाएँगे।"

"शौचालय तो अब भी बनवा सकते हैं, बिना काले धन के, कि नहीं बनवा सकते? काले धन की वापसी का सम्बन्ध क्या है शौचालय से?"

हिन्दीश जी ने कहा, "कृपया हम जो बात कर रहे हैं, उसी पर रहें।"

"क्या बात कर रहे हैं हम?" ख ने डपटा, "ये तो पता लगे हम बात कर क्या रहे हैं? वी आर टॉकिंग ऑफ़ स्विस बैंक्स। वी आर टॉकिंग ऑफ़ ब्लैक मनी। वी आर टॉकिंग ऑफ़ करप्शन। वी आर टॉकिंग ऑफ़ एम्पटी प्रॉमिसिस? वी आर..."

"जी, आप कह रहे हैं कि हम काले धन और भ्रष्टाचार के साथ खोखले वादों की बात..."

"व्हॉट खोखल? व्हॉट वाद? मैं जो कह रहा हूँ, उसको सुनिए ध्यान से। ये लोग जो कह रहे हैं, प्राइम मिनिस्टर प्रॉमिसस स्कूल्स-डिस्पेन्सरीज-क्लेन्लिनेस-ब्लेक मनी रिटर्न; दिस आर ऑल हॉलॉ वर्ड्स अटर्ड बाय हॉलॉ मेन! अंडरस्टैंड (ये थोथे जनों द्वारा बोले गए थोथे शब्द हैं, समझे?)"

इसके बाद वह धाराप्रवाह अंग्रेज़ी में बहुत देर तक बोलते रहे। उनकी देखा-देखी क के सिवा सभी पार्टियों के नुमाइन्दे अंग्रेज़ी में बोलने लगे।

हिन्दीश जी ने दो-एक बार बाधा दी कि कृपया हिन्दी में बोलें। मगर कोई असर नहीं हुआ।

क पार्टी का नुमाइन्दा ज़रूर बीच-बीच में उछल-उछलकर हिन्दी में चीखता रहा, "हम कृतसंकल्प हैं, हम कृतसंकल्प हैं, हम कृतसंकल्प हैं..."

ख ने फटकारा, "हू इज़ दिस कृत, कृत—कृत—वॉट विल कृत डू? जो करना है, हमें करना होगा, न कि कृत करेगा। सरकार को करना होगा। ये कृत है कौन, जो करेगा? सरकार बतलाए, वो क्या क़दम उठा रही है ब्लेक मनी के रिटर्न के लिए?"

इस शोर-शराबे, नोक-झोंक में देर तक बहस अंग्रेज़ी में होती रही;

गाहे-बगाहे हिन्दीश जी उसका हिन्दी में तर्जुमा करते रहे जिस पर क के अलावा किसी ने ध्यान नहीं दिया। हम भी हर बात का हिन्दी तर्जुमा कर सकते हैं पर जब उन्होंने ध्यान नहीं दिया तो भला आप क्यों देंगे? तो हम अपना भेजा ख़राब क्यों करें? तमाम कौआ रोर का लुब्बोलुबाब यह था कि काला धन स्विस बैंकों से देश में लाया जाए। सिर्फ़ लाया ही नहीं जाए, हमें बतलाया जाए कि कैसे लाया जाएगा। इस 'कैसे लाया जाएगा' का किसी के पास कोई जवाब नहीं था। इसलिए जैसे ही यह सवाल उठता, वे तू-तू, मैं-मैं करने लगते कि किस पार्टी के सत्ता-काल में ज़्यादा से ज़्यादा काला धन जमा किया गया। हर पार्टी का बन्दा दूसरी पार्टी पर तोहमत लगाता कि आपके शासनकाल में ज़्यादा पैसा स्विस बैंकों में गया, हमारे में कम। आप ज़्यादा भ्रष्ट हैं, हम कम। इस तमाम चीखोपुकार में, जो पूरी की पूरी अंग्रेज़ी में हुई, हिन्दीश जी जैसे वहाँ थे ही नहीं। अन्ततः वह सिर पकड़कर बैठ गए और उस बदसलीका रार-तकरार को चलने दिया, पूरे घंटे-भर तक।

"बन्धुवर, ज़रा सोचकर देखिए, जो सरकार एक घर के चारों तरफ़ आड़ नहीं लगवा सकी; एक मामूली आदमी का ग़ैर क़ानूनी काम नहीं रुकवा सकी, उससे आप कैसे अपेक्षा कर सकते हैं कि वह स्विस बैंकों में जमा काला धन वापस ले आएगी? यह तो देवी-देवताओं के चमत्कार की किंवदन्ती हुई। एक चमत्कार होगा और काला धन बहता हुआ ख़ुद-ब-ख़ुद हमारे देश में वापस लौट आएगा। ऐसा होने वाला है नहीं, हम सब जानते हैं। सुनते हैं कि मीरा राव ने राहत कोष में एक करोड़ रुपये जमा किये और स्विस बैंक में रखे। और काफ़ी रुपया बी.के. सपोत्रा को उधार दिया, जो उन्होंने जाने कहाँ इनवेस्ट किया और मुनाफ़ा ले जाकर स्विस बैंक में रखा। वह कितने करोड़ था, हम नहीं जानते। पर चूँकि वह तमाम करोड़ उन सैकड़ों करोड़ रुपयों के समुद्र में बूँद समान है, तो उनकी क्या तो बात करनी, क्या नहीं करनी! यह समझिए कि यह पूरी कहानी हम कह तो गए, मगर सभी जानते हैं कि सब कुछ रहेगा वही का वही। हम जानते हैं, आप जानते हैं, हिन्दीश जी जानते हैं, सब जानते हैं। तो जब सब जानते हैं तो हम बार-बार उसे क्यों दोहराएँ? तो बन्धुवर, अब हम सिर्फ़ आपको नमस्कार कर सकते हैं और उसके बाद यहाँ से प्रस्थान।"

ये शब्द भी रामलखन के कहे हुए हैं, जो उसने फिर अपने मोहल्ले में, अपने घर के सामने कुर्सी पर बैठकर, भरी जनता के सामने कहे थे। क्योंकि जैसा हम पहले बतला चुके हैं, हिन्दीश जी ने उसे फिर अपने प्राइम टाइम कार्यक्रम में कभी बुलाया नहीं।

रामलखन का प्रवचन पूरा होते ही, रत्नाबाई–पुत्र लल्लन, उसके चरणों पर गिर पड़ा और बोला, "सत वचन महाराज! सुनो सभी लोग, अब हमारी जिह्वा पर हमारी महतारी विराजमान है। यही रामलखन हमारे देश का अगला प्रधानमंत्री होगा। और तब? तब बहुत कुछ बदल जाएगा, देश का नक्शा पलट जाएगा!"

या हो सकता है, कुछ न हो! यही खोखले वादे चलते चले जाएँ! क्या होगा, क्या नहीं, हम नहीं जानते। और जो हम नहीं जानते, आपको कैसे बतलाएँ? इसलिए क्षमायाचना सहित अब पटाक्षेप करते हैं। यह लल्लन ने कहा नहीं, सिर्फ़ सोचा। कहा हमने।